관계의
클래식

관계의 클래식

1쇄 인쇄	2022년 10월 5일
1쇄 발행	2022년 10월 22일

지은이	이주형
책임 편집	박정은
편집	양지원
디자인	롬디
마케팅 총괄	임동건
마케팅 지원	전화원 한민지 이제이 한솔 한울
경영 지원	임정혁 이지원
펴낸이	최익성
출판 총괄	송준기
펴낸곳	파지트
출판 등록	제2021-000049호
제작 지원	플랜비디자인
주소	경기도 화성시 동탄원천로 354-28
전화	070-7672-1001 **팩스** 02-2179-8994 **이메일** pazit.book@gmail.com

ISBN 979-11-92381-26-8

관계의 클래식

사람과 사람 사이, 변하지 않는 것들

이주형 지음

P:AZIT

차례

‘첫’경험의 애틋함

첫사랑, 첫눈, 첫데이트, 첫출근, 첫출산, 첫승진. 단어에 ‘첫’이라는 말이 들어가면 코끝에 봄기운을 전해주는 봄바람이 나뭇잎을 살짝 흔들 때처럼 마음이 파르르 설렌다.

누구나 무엇이든 할 수 있을 것 같고, 뭘 해도 잘 될 것 같고, 누굴 만나도 좋은 관계를 맺을 것 같은 ‘첫’ 마음을 다질 때가 있다. 그 꿈과 열정이 가득한 첫 마음이 지속된다면 얼마나 좋을까? 그러나 안타깝게도 시간이 지나면서 첫 마음은 시들해지고 점점 현실, 상황, 사람에 익숙해지고 만다. 이 시점부터 많은 것이 꼬이기 시작한다. 너무 익숙해진 나머지 무엇이든지 습관대로, 관성대로 하기 때문이다. 사람의 마음은 운동화 끈 같아서 풀어지지 않게 수시로 잡아매야 하지만, 흔히들 그냥 확 풀어진 채로 너덜너덜 걸어가고 있는 것이다.

권태기는 부부 사이에만 찾아오는 것이 아니다. 첫 마

음을 잃는 모든 관계에 스멀스멀 찾아 든다. 그것을 잘 알면서도 첫마음을 지속적으로 간직하기란 쉽지가 않다. 반복적인 삶의 패턴 속에서 곧 지루함이 찾아 들기 때문이다. 사실 인간이라는 존재는 지루함을 잘 견디지 못하는 동물이다. 오죽하면 자극, 재미, 오락거리가 없는 것은 '재난'이라는 말이 있을까?

정보와 자극 과잉의 시대라고도 할 수 있는 현대 사회를 살아가는 우리는 갈수록 자극적이고 새로운 뭔가를 찾느라 분주하게 살아간다. 그래서 지루함의 주기가 갈수록 짧아지고 있다. 그것이 물질에 대한 지루함이면 그나마 나행이셌지만, 갈수록 인간관계에서도 그런 경향이 강해지고 있다. 인연은 팍 쪼그라들어 아주 작아지고, 역할만 남아 간신히 견디는 관계가 얼마나 많은지 생각해 보라. 우리는 수많은 관계를 엮어 가지만 처음 관계가 시작될 때의 참신함과 설렘은 너무 빠르게 사라진다. 첫마음은 사라지고 이해관계만 남는다면 우린 대체 무엇을 부여잡고 살아가야 하는 걸까?

각 분야에서 두드러진 역량을 보이는 사람들은 모두 '초심'을 강조한다. 초심을 유지하는 것은 도를 닦는 것만큼이나 어렵고 힘들지만, 초심을 유지한다면 실패라는 길은 선택지에서 사라진다. 우리에게 과거가 중요한 이유는 그 첫 마음을 잊지 않고 되새길수록 격이 높아지기 때문이다. 과거에서 배우지 못하면 그것은 그냥 죽은 시간으로만 남을 뿐이다.

우리는 늘 시간과 전쟁을 하고 있다. 이러한 전쟁 속에서 문득 과거를 떠올린다면 어떤 생각이 들까? 아마 뭉클하기도 하고 설레기도 할 것이다. 우연히 오랫동안 연락이 끊겼던 대학 동기를 만나면, 새내기 시절의 부푼 꿈이 둥실 떠오른다. 그 감정, 그 느낌을 되새김질하면 그립기도 하고 행복하기도 하다. 그런 행복하고 즐거웠던 기억들이 삶의 활력소가 된다.

과거에 품었던 마음들을 다시 생각해 보는 것은 결국 우리의 미래를 위한 것이다. 시간의 귀퉁이가 마모되면서 자꾸만 무뎌지는 마음을 다잡아야 사람다운 삶을 살 수 있다. 우리를 스쳐간 사람들, 첫마음을 기억나게 하는 사람들, 우리가 맺는 하나하나의 관계는 의미가 깊고 소중하다. 첫마음을 잃으면 인생의 방향을 잃고 방황하며 결국 후회하게 될 날이 온다. 첫마음을 기억하는 것은 과거의 미련 속에 머무는 것이 아니라 결국 앞으로 다가올 미래를 잘 준비하게 해주는 것이라는 사실을 잊지 말아야 한다.

보이지 않는 내면의 중요함

"왜 사람들은 겉모습을 보고 판단하는가?" 이 질문에 대한 답은 간단하다. 속마음이 보이지 않기 때문이다. 물리적인 시각으로는 절대 속마음을 볼 수 없다. 속마음을 볼 수 있는 지각 능력은 '마음의 시력'이다. 그런데 그 마음의 시력은 인격과 관련이 있어 성숙해져야 향상된다. 그러나 평생을 함께 살았어도 속마음을 모르겠다고 하소연하는 사람들이 많이 있는 것을 보면 마음의 시력은 나이를 먹는다고 생기는 것이 아님을 알 수 있다.

칼럼니스트인 정진홍 씨는 그의 책《인문의 숲에서 경영을 만나다》에서 '마음의 시력은 다른 사람의 마음에서 일어나고 있는 일을 헤아리는 능력'이라고 정의한다. 글을 읽지 못하는 것이 문자적 문맹이라면 마음을 읽지 못하는 것은 관계적 문맹이라는 뜻이다.

마음의 시력은 온통 '나'에게만 쏠려 있던 초점을 타인에게 맞추고 이타적인 생각을 품어야 향상시킬 수 있다. 따라서 세상 모든 일이 '나'를 위주로 돌아간다고 생각하는 요즘의 개인주의적 사고가 보편화될수록 마음의 시력은 더 약화될 가능성이 높다. 이는 자존감과는 궤를 달리하는 것으로, '나'만이 가장 중요하다고 생각하는 근거 없는 나르시시즘이 마음의 시력을 멀게 만든다는 것이다. 내가 중요한 만큼 다른 사람도 중요하다. 마음으로 관계를 맺는 사람들, 마음의 시력이 출중한 사람들 주위에는 좋은 관계가 즐비하다. 마음을 나누는 사람 곁에는 그 마음을 주고받을 만한 사람, 그에 어울리는 사람들이 모여들기 때문이다.

우리의 시각은 너무 얄팍하다. 그 얄팍함에 현혹되면 정말로 중요한 것을 놓치는 경우가 많다. 외견이 훤칠한 연예인들이 얼마나 많은지 생각해 보자. 그 사람들이 모두 인격적인 사람들인가? 그렇지 않다. 사실 항상 우리는 겉으로 보이는 외면만 신경 쓰기 바쁘고, 나의 내실을 다지는 것은 항상 후순위로 미루기 일쑤다. 게다가 요즘은 어플리케이션을 통해 자신의 외모를 바꾸고 조정하는 기술까지 발달하여 훌륭한 겉치레에 대한 선망의 시선이 심각하다고 느껴질 정도이다. 그러나 우리의 겉치레는 우리가 생각한 것만큼 못나지 않았다는 것을 기억하라. 우리는 다만 있는 그대로 받아들여지는 연습이 조금 부족할 뿐이다. 내면은 피폐한데 겉모습만 신경 쓰는 것은 금괴로 둘러싸인 방에서 정작 먹을 것이 없어 영양실조에 걸리는 상황과 같다. 내면의 성숙을 위해서는 다른 사람의 마음을 볼 수 있어야 한다. 그래야 자신의 참된 모습을 볼 수 있다. 거울을 요리조리 들여다보면 자신의 외모만 볼 수 있을 뿐이지만, 자기를 다른 사람에게 비추어 보면 자신이 어떤 사람인지 볼 수 있게 된다.

탈무드에 나오는 "눈에 보이지 않는 것보다 마음에 보이지 않는 것이 더 두려운 것이다."라는 말이 와닿는 까닭은 현대 사회가 훌륭한 외견만을 선망하는 분위기가 만연하기 때문이다. 그러나 마음의 시력을 높이면, 관계를 맺는 사람들을 마음의 눈으로 바라보면, 마음과 마음으로 촘촘하게 연결된 아름다운 끈들이 눈에 들어온다. 그 곁에는 행복이라는 녀석이 내 손을 잡기 위해 기다리고 있을 것이다. 그렇기에 헬렌 켈러가 남긴 말이 더욱 마음을 파고 든다. "세상에서 가장 아름답고 소중한 것은 보이거나 만져지지 않는다. 단지 마음으로만 느낄 수 있다."

해피메이커

행복한 사람을 만나면 구체적인 목적 없이 대화를 나누더라도 행복을 느낀다. 행복은 전염되기 때문이다.

앞으로는 행복한 인생을 살고 싶다는 배우 류승수가 본인의 에세이《나 같은 배우 되지마》에 쓴 말이다. "난 사람을 착한 사람, 나쁜 사람으로 구분하지 않는다. 내게 이득이 될 사람과 이득이 되지 않는 사람으로 구분하지도 않는다. 난 그저 사람을 '행복한 사람'과 '행복하지 않은 사람'으로 구별한다. 그리고 나는 행복한 사람 옆에 있고 싶다. 나도 그들의 행복에 전염되고 싶어서."

실제로 행복은 전염성이 강하다는 것이 연구 결과로 밝혀진 바 있다. 미국 하버드 대학 의대와 UC샌디에이고 대학 연구 팀이 밝혀낸 연구 결과 중에 직접 알고 지내는 사람이 행복하면 15%, 한 다리 건너 아는 사람이 행복하면 10%정도 행복해질 가능성이 커진다는 결과도 있다.*

테레사 수녀가 남긴 명언이 있다. "나 혼자서 세상을 바꿀 수는 없지만 강물에 돌 하나를 던져 많은 잔물결을 일으킬 수는 있다." 커피향이 사르르 퍼져가듯이 소리 없이 호수 곳곳에 미치는 잔물결처럼 행복을 가져다주는 '해피메이커'가 있어 세상이 조금은 더 살 만해진다. 가만히 생각해 보면 이 글을 읽는 당신의 주위에도 이런 역할을 하는 사람들이 떠오를 것이다.

기술의 비약적인 발달로 인해 삶이 윤택해지고 기본 소득은 증가했다. 그런데 이상하게도 하루하루 살아가는 것이 힘들다는 사람들이 아주 많다. 사람들에게 "요즘 어때?"라고 물어보면 누구나 삶이 팍팍하고 힘들다고 하소연한다. 다들 세상에 나보다 힘든 사람은 없을 거라고 말한다. 그렇다. 같은 인생은 하나도 없기에 상대적 비교가 불가능하니 누구나 자기가 가장 힘든 법이다. 많은 사람이 부러워하는 대기업 사장이나 잘나가는 연예인의 자살 소식 혹은 공황 장애에 걸

---

* 〈참조〉 BMJ에 실린 James H Flower와 Nicholas A Christakis가 2008년에 발표한 논문 'Dynamic Spread of happiness in a large social network : longitudinal analysis over 29 years in the Framingham Heart Society'

려 고생한다는 뉴스가 끊이지 않는 것도 이를 뒷받침한다.

이런 와중에도 별종은 있다. 이름하여 '해피 바이러스 유포자'다! 이런 사람은 내 잠을 줄여서라도, 약간의 고생을 감수하고라도 만날 기회를 결코 놓치고 싶지 않다. 만나면 기분이 좋아지는 이들이 바로 해피 바이러스를 퍼트리는 사람들이다. 만나서 기운이 나고 기분이 좋은 사람은 없는 시간을 쪼개서라도 함께하고 싶지만 내 에너지를 빼앗아 가는 사람은 아무리 시간이 넉넉해도 어떤 핑계를 대서라도 피하고 싶다.

늘 유머가 넘치고 재치가 뛰어나 인기가 많고 부러움을 사는 친구가 있다. 그 친구가 참석하는 모임은 늘 즐거움이 가득하고 모두가 웃느라 정신이 없다. 그와 시간을 보내고 돌아오면 스트레스가 풀리는 느낌이다. 사람들은 그가 타인을 즐겁게 해주는 재주를 타고 났다며 칭찬이 자자하다.

어느 날 모임이 끝나고 그 친구와 함께 집으로 돌아가다가 우연히 그의 다이어리를 들여다 보게 되었다. 거기에는 그날 친구가 모임에서 풀어낸 유머는 물론 지금까지 소개한 온갖 유머와 각종 재미있는 이야기가 기록돼 있었다. 언젠가는 친구에게 왜 그렇게까지 하느냐고 물었다. 그랬더니 친구가 대답했다. "사실 나를 위해서야. 사람들이 즐거워하는 것을 보면 내가 더 즐겁거든."

크고 무거운 것으로 한 방 맞은 것 같았다. 그의 준비와 노력으로 그동안 얼마나 많은 사람들이 즐거움을 누렸던가. 그의 그런 자세를 보면서 나를 돌아보게 되었다. 정작 나는 그동안 얼마나 내 주위 사람들을 즐겁게 해 줬던가. 부끄러움이 나를 덮쳤다.

늘 유쾌한 에너지를 전해주는 해피메이커는 어느 곳에서나 환영받는다. 타인을 즐겁게 해 주는 재주를 타고난 사람도 있을 테지만, 내가 아는 해피메이커들은 대개 노력파다. 특히 그들은 자신의 상황이 썩 좋지 않아도 사람들에게 긍정적인 영향을 주고자 무척 애를 쓴다. 이들과 함께하면 거의 예외 없이 좋은 분위기가 형성된다. 자기 개성을 살리면서 분위기를 밝게 유도하고 사람들에게 긍정적인 영향을 미치는 방법은 아주 무궁무진하다. 그것이 어려운 이유는 단 하나뿐이다. 그렇게 하겠다고 마음먹지 않는 것, 그 단 하나!

갈수록 치열해지는 경쟁 사회 속에서 모든 사람들은 각각의 삶을 힘겹게 살아 가고 있다. 하지만 남에게 즐거움을 주고 긍정적인 영향을 미치는 사람들이 있으니까 희망은 있다. 그런 사람들이 늘어날수록 이 사회는 더욱 살맛 나는 사회로 거듭날 것이다. 내가 해피 바이러스를 퍼트리면 그것이 돌고 돌아 결국 나에게로 온다. 주변에 행복한 사람이 많을수록 나도 행복할 확률이 높아질 것이고, 이는 결국 주변 사람들을 행복하게 만들고 싶으면 내가 먼저 행복해야 한다는 것과 일맥상통한다. 그러니 해피메이커를 찾아다니기보다는 내가 먼저 해피메이커가 되어보는 것은 어떨까? 거울은 혼자서는 웃는 법이 없으니까 말이다.

✷ 이젠 웃어도 된다

세상에서 가장 아름다운 꽃은 '미소 짓는 얼굴'이라는 말이 있다. 실제로 미소는 사람의 마음을 움직이는 힘이 있다. 슬퍼하는 사람들에게는 위로를, 두려움에 떠는 사람에게는 편안함을, 불안에 떠는 사람들에게는 안정감을 주지 않던가. 미소에는 말로는 표현하기 힘든 사랑, 용서, 이해, 친절, 믿음이라는 삶의 마력이 담겨 있다. 화려한 백 마디보다 웃는 낯 하나가 더 강력한 효과를 발휘하는 법이다.

언젠가 어느 유명한 이미지 컨설턴트와 대화를 나누던 중이었다. 그는 말도 잘 해야 하고 미소도 지어야 이미지가 좋아야 한다고 강조하고 있었다. 그런데 그는 미모가 뛰어남에도 웃는 모습이 뭔가 조금 이상했다. '뭐지? 뭔가 이상한데.' 대화를 나누면서 한참 그의 얼굴을 들여다보다가 그 답을 알아냈다. 입은 웃고 있는데 눈은 전혀 웃고 있지 않았던 것이다. 그저 입꼬리만 올리고 있는 억지 웃음이었다. 마치 아나운서 지망생이 카메라 테스트를 받느라 억지로 웃는 표정을 짓거나, 항공운항과 신입생들이 이미지 관리 첫 시간에 웃음을 지어 보이는 연습을 할 때 볼 수 있는 어색한 웃음이었다. 직업상 웃음과 미소를 강조해야 하는 터라 웃고는 있었지만 만만치 않은 삶의 무게 때문에 엄청난 스트레스를 받고 있는 모양이었다. 방송인 장성규 씨도 입만 웃고 눈은 잘 웃어지지 않아 많은 지적을 받고 있으나 잘 고쳐지지 않아 고민이라고 하는 인터뷰를 본 적이 있다.

코비드-19는 우리들의 웃음을 빼앗아 갔다. 삶이 더 힘들어지기도 했지만 웃고 있어도 입이 마스크에 가려져 잘 보이지 않기 때문이다. 일본 우에노의 한 상점에서는 모든 점원이 재미있는 마스크를 착용했다. 한 직원의 아이디어로 마스크에 웃는 입을 그려 넣은 것이었다. '마스크를 쓰고 있지만 어떻게 환한 미소로 고객을 대할 수 있을까'라는 고민에서 나온 방법이었다. 마스크에 입이 그려져 있어서 얼핏 보면 흉측하게 보일 수도 있지만 대체로 고객들의 반응은 긍정적이었다.

우리의 일상 속에서 미소가 가진 의미는 매우 크다. 하회탈을 떠올려 보자. 그야말로 세상의 근심 걱정을 모두 날려버리는 무해한 웃음이다. 그냥 보기만 해도 절로 미소 짓게 만드는 그 환한 웃음. 입을 가리면 눈이 웃고, 눈을 가리면 입이 웃는 그 질펀한 웃음. 그게 바로 진정한 웃음이다. 얼굴 전체가 웃음으로 꽉 차 있다. 아무리 인상이 험악한 사람도 얼굴에 진정한 미소가 비치면 어린아이 같은 천진난만함이 묻어난다. 그야말로 미소는 우리가 만들어 낼 수 있는 최고의 작품이다.

미소는 많은 의미를 내포하고 있다. 폭소나 박장대소는 나 자신을 위한 영약이지만, 미소는 상대방에 대한 배려다. 미소에는 상대방에 대한 너그러움, 신뢰, 그리고 깊은 애정이 녹아 있다. 그래서 미소는 내 내면을 보여주는 수단이자 상대를 있는 그대로 인정한다는 의미가 담긴 수용의 메시지다. 속이 썩어 문드러진 사람의 미소가 아름답지 않은 것은 이러한 이유이다. 내면의 모습이 미소에 그대로 드러나기 때문이다.

중국 속담에 '웃지 않는 사람은 장사를 하지 말라.'라는 말이 있을 정도니 사회생활을 하기 위해서는 미소 연습은 필수다. 승무원들이 자연스럽게 미소를 지으며 응대를 하는 것도 모두 연습의 결과이다. 세상이 갈수록 팍팍해지고 있지만 미소는 잃지 말아야 한다. 아니, 오히려 삶이 팍팍할수록 더욱더 미소를 지어야 한다.

강연가 박혁수 씨는 그의 책《스포츠 인사이트》에서 다음과 같이 웃음을 연습해야 하는 이유를 설명한다. "노력 없이는 그 누구도 절대로 웃는 얼굴이 만들어지지 않습니다. 혹자는 웃는다는 것은 입꼬리를 올리는 행위인데 이는 세상을 지배하는 중력의 법칙, 즉 모든 것이 아래로 향하는 세상의 이치와는 거꾸로 가는 도전이라고 합니다. 미소는 원래 타고나는 것이 아니라 연습해야 장착되는 노력의 산물인 것입니다."

흔히 골프는 멘탈 게임이라고 한다. 결정적인 순간에 멘탈이 무너지면 그동안 공들인 탑이 사상누각처럼 순식간에 무너져 버린다. 골프 선수 쭈타누간은 멘탈을 다잡기 위해 매 샷을 치기 전 미소를 지었다. 이 환한 미소가 루틴으로 장착되자 플레이가 더 안정되고 막판에 무너지는 일을 막을 수 있었다. 이것이 바로 미소의 힘이다.

외국인이 한국인에 대한 인상을 이야기할 때 빠지지 않고 나오는 말이 '한국인은 인상이 너무 딱딱하고 표정이 굳어 있다', 혹은 '표정이 없다'는 말이다. 한 번은 루마니아에서 온 친구에게 한국 구경을 시켜주다가 마침 지인의 결혼식이 있어 한국 문화도 체험시킬 겸 함께 결혼식에 참석했는데 내게 이런 말을 했다. "분명 결혼식이라고 하지 않았어? 그런데 왜 사람들 표정은 장례식에 참석한 사람들 같이 심각한 거야?"

이젠 좀 바꾸는 게 어떨까? 한국인은 그동안 세계에서 가장 많이 일을 했고 가장 치열한 경쟁을 겪으며 살아왔으니, 이제 미소의 혜택을 누리면서 사는 것도 필요한 시점일 것이다.

어린 아이는 하루 300번 이상 웃는다고 한다. 어른이 되면 하루 15번, 죽을 때가 되면 하루 한 번도 웃지 않는다고 한다. 한 번 웃을 때 231개의 근육이 움직인다. 혈액 순환이 잘 되고, 기능이 원활해지고, 면역 체계가 강화된다. 건강에도 좋다는 의미다.

나부터 미소를 지어 보자. 나부터 미소를 짓고, 나를 보는 사람들이 나로 인해 미소를 짓는다면 그것만으로도 큰 의미를 지닐 것이다. 이는 결국 내 관계를 사랑하고, 내 사람들을 사랑하며, 내 내면을 사랑하는 행위가 될 것이다.

행복은 본전 뽑기가 아니다

노을이 내려 앉은 어느 저녁, 곱게 늙은 노부부가 손을 잡고 공원을 산책하는 모습을 본 적이 있는데 아직도 그 장면이 굉장히 강렬하게 나의 기억에 남아있다. 그 광경이 아름다웠던 것은 노부부의 표정에서 행복을 보았기 때문이다.

행복은 우리가 처한 환경이 아니라 우리가 보는 관점에 달려 있다. 누구나 행복한 일도 있고 불행한 일도 있을테지만, 불행한 일 대신 행복한 일을 많이 상기한다면 자신의 인생은 꽤나 행복한 인생이라는 사실을 깨달을 것이다. 이런 행복을 느끼기 위해서는 함께 시간을 보내는 사람들이 중요하다. 함께 행복을 키워 나갈 사람 말이다.

우리가 행복한 인생을 살기 위해서는 내 잇속보다 남의 이익을 먼저 살펴보고 배려하는 자세가 필요하다. 말만 번지르르하거나 이해관계로 얽힌 관계보다 평범해 보이지만 서로 배려하고 마음을 나누는 관계가 제일 가치 있는 관계이다. 이러한 관계를 맺으려면 자기 자신부터 자신과 관계 맺는 사람을 행복하게 만들어 주는 인생이 되어야 한다. 좋은 사람을 찾아 다니기 이전에 먼저 나 자신이 좋은 사람이 되면 자연스레 내 곁에 좋은 사람들이 찾아온다. 누구나 함께 있고 싶어 하고 한 번쯤 대화를 나누고 싶어 하는 그런 사람이 되어 보자. 사람 사이의 관계는 억지로 만들어 나가는 것이 아니라 자연스럽게 형성되는 것임을 항상 마음에 새겨야 한다.

요즘은 혼자서 삶을 영위하는 사람들이 늘어나고 있다. 때론 혼자 사는 것이 자유롭고 멋있어 보일 때도 있지만 조금은 외로울 것 같은 생각도 든다. 그러나 꼭 혼자 있어서 외로운 것은 아니다. 많은 사람과 함께 있어도 외로움이 찾아든다. 외로움이란 내 편이 아무도 없다고 느끼는 감정이기 때문이다.

또한 다른 사람과의 관계에서 워낙 상처를 많이 받다 보니 아예 혼자를 택하는 사람도 늘어나고 있다. 나 자신을 보호하기 위해 관계를 정리하는 것이다. 관계에도 날카로운 칼이 필요할 때가 있다. 중요한 것은 관계를 정리할 때는 깔끔하게 정리해야 한다. 질척대고 깔끔하지 못한 관계의 마무리는 결국 많은 힘이 소모되기 때문이다.

2018년 하버드 비즈니스 리뷰 3, 4월호에서 회사를 그만 두는 진짜 이유로 '인간관계의 어려움'을 최상위 순위로 꼽았다. 그만큼 직장 생활에서 다른 직원들과 좋은 관계를 유지하는 것이 어렵다는 것을 알 수 있다. 행복한 인생을 원한다면 하루 중 가장 오랜 시간을 보내는 직장에서의 인간관계가 원만해야 한다. 하지만 직장에는 좋은 사람만 있는 것도 아니고 자신과 잘 맞는 사람만 있는 것도 아니다. 따라서 직장에서 좋은 인간관계를 유지하려면 꾸준한 노력이 필요하다. 직장에서 공적 영역과 사적 영역을 균형 있게 구별하며 다른 사람들과 두루두루 어울리며 좋은 관계를 형성한다면 삶의 질을 높일 수 있음을 명심해야 한다. 사회가 아무리 개인주의적 성격이 점점 강해지더라도 함께 시간을 보내는 사람은 행복한 삶을 위해 필수 불가결하다.

미국의 정신과 전문의 조지 베일런트George Vaillant는 《행복의 조건Aging Well》에서 이렇게 강조한다. "행복하고 건강하게 나이 들어가는 걸 결정짓는 것은 지적인 뛰어남이나 계급이 아니라 사회적인 인간관계다." 노년에 행복을 누리는 데 가장 중요한 요소는 바로 '인간관계'라는 것이다. 더불어 그는 인간이 누릴 수 있는 가장 큰 행복의 원천은 '관계'라고 설명하며, 이를 누리지 못하는 경우와 대비해 '관계'에 대한 자세를 바로잡도록 권한다.

행복을 원한다면 관계에서 본전이라는 것을 기대하지 말고 있는 그대로 받아들여야 한다. 무언가를 기대하면 그 순간부터 행복과 거리가 멀어진다. 그냥 나 자신으로 존재하는 것만으로, 내가 베풀 수 있는 것만으로도 내가 스스로 행복할 수 있어야 하는 것이다. 나와 함께 있는 사람을 행복하게 하는 것이 내가 행복해지는 지름길이다.

‘슈퍼 파레토’ 법칙

흔히 인간은 사회적 동물이라고 한다. 사회에서 혼자서 살아갈 수 없다는 것을 의미하는 말로, 사회가 아무리 개인주의를 표방하더라도 광범위하고 다양한 인적 네트워크가 반드시 필요하다는 말이다.

그러나 사람 자체에 충실하지 않고 인맥만 화려해 보이는 것은 ‘빛 좋은 개살구’에 불과하다. 그렇기 때문에 단순히 넓은 인간관계를 넘어 사회, 역사, 미래를 보듬는 관계여야 한다는 신영복 교수의 주장은 큰 울림을 준다. “자유와 낭만은 ‘관계의 건설 공간’이라는 말을 나는 좋아합니다. 우리가 맺는 인간관계의 넓이가 곧 우리가 누릴 수 있는 자유와 낭만의 크기입니다. 그렇기 때문에 우리는 일상에 내재된 ‘안이한 연루’와 결별하고 사회, 역사, 미래를 보듬는 너른 품을 키워야 합니다.”

아무리 세상이 빠르게 변해도 나는 내 인간관계가 '머리'가 아닌 '가슴'으로 만나는 관계이길 원한다. '지식이 늘어나지 않는 것은 곧 지식이 줄어드는 것과 같다'는 말처럼, 인간관계가 확장되지 않는 것은 곧 관계의 범위가 줄어들고 있음을 의미한다. 우리가 더불어 살아가는 이 사회에는 많은 사회적 법칙이 존재한다. 20%의 고객이 매출의 80%를 차지한다거나 20%의 직원이 수익의 80%를 거둔다는 파레토 법칙이 그중 하나다. 물론 이 법칙은 인적 네트워크에도 적용된다. 흥미로운 것은 인간관계에는 5%가 나머지 95%를 좌지우지한다는 '슈퍼 파레토 법칙'이 적용된다는 것이다. 인적 네트워크의 5%가 인생의 95%를 좌우한다는 의미다. 당신이 알고 지내는 사람이 얼마나 많은가? 그중에 내가 책임을 느끼는 관계, 나아가 서로 책임을 느끼는 관계는 얼마나 되는가? 아마 그리 많지 않을 것이다.

현대 사회에 만연한 물질 만능주의적 사고 때문에 우리는 버석거리고, 삭막한 인간관계를 맺는 경우가 대부분이다. 돈, 명예, 성공을 위해 사람을 만나고, 관계는 결국 이를 위한 수단으로 전락하는 것이다. 많은 사람이 자신은 안 그런 척하며 자신을 수단화하려는 타인의 모든 시도에는 본능적으로 저항한다. 그러나 어느 순간 자신 역시 타인을 수단화하고 있음을 깨닫는다. 관계에 대해 지치고 허무한 박탈감이 나를 짓누르게 되는 때가 바로 이 때이다.

언제부터인지 모르지만 우리는 인간관계에도 '기술'이 필요한 시대를 살게 되었다. 그러나 기술이란 시간이 흐를수록 낡아지고, 새로운 기술에 뒤쳐지기 마련이다. 기술로 연결된 관계는 시한부다. 필요에 따라 잠시 만나고 필요가 충족되면 자연스레 잊혀진다.

관계를 기술로 유지하려 들 때 우리는 피곤하고 괴롭다. 기술을 바탕으로 하는 관계는 피상적인 관계가 되기 쉽고, 관계를 통해 얻을 수 있는 손익을 따지게 되며 이는 곧 관계에 대한 귀찮음을 수반한다. 즉, 관계 자체가 비즈니스적인 성격을 갖게 된다는 의미이다.

《장자》의 〈신목〉편에 다음과 같은 말이 나온다. "군자의 교제는 물과 같이 담백하여 영원히 변함이 없으나, 소인배의 교제는 단 술과 같아 오래 가지 못한다." 콘크리트 숲에서의 시린 악수, 몇 잔의 검고 쓴 커피로 이뤄진 무덤덤한 관계는 차가운 가슴을 더욱 시리게 한다. 반면 서로 마음으로 소통하는 관계, 곁에 있어도 그리운 관계는 기뻐할 수 있는 이유가 된다.

우리는 기술의 발달이 인간의 일자리를 빼앗아 갈 것이라고 걱정하면서 인간만이 가진 감성, 공감 능력과 같은 것에 대한 소중함은 깨닫지 못한다. 오히려 그것들을 억제하고 괄시하는 분위기를 조성한다. 그러면서 우수한 학업 성적을 등에 업고 좋은 대학을 나온 공대 출신 CEO와 임원들에게 비싼 수업료를 들여 조찬회도 보내고 인문학 교육 등을 시킨다.

비즈니스를 통한 관계가 나쁘다는 것이 아니다. 그러나 우리가 관계를 맺을 때는 '이해관계'가 아닌 '가슴'으로 연결되는 관계를 맺는 것이 필요하다. 이는 '나'를 둘러싼 주위의 사람들에게 관심을 갖는 행위이자, 타인과 더불어 살아가는 삶의 방식에 대한 배움이기 때문이다.

한국인의 최고의 무기, 정情

한국 고유의 문화라고 할 수 있는 '정' 문화는 따뜻하며 강한 힘이 있다. 내가 한국인으로서의 자부심을 가지는 것이 바로 이 '정' 때문이다. 세계 여러 나라의 사람들을 접해봤지만 한국인만큼 '정'이 많은 민족을 본 적이 없다. 한국에 대해 잘 알고 있는 외국인 친구들이 일관성 있게 이야기하는 바 또한 바로 한국의 '정' 문화다. 본인들이 한국에 살면서 힘든 시간과 어려움을 겪는 동안 사회적인 인프라나 선진화된 프로세스보다 정 많은 이웃들에게 많은 도움을 받은 경험들을 대부분이 간직하고 있다.

하지만 한국인들은 정이 많은 반면, 표정 관리에는 영 소질이 없다. 외국인들도 한결같이 한국인들의 표정이 너무 딱딱하다고 말한다. 미국 MIT의 연구 결과에 따르면 얼굴은 약 100개 부분에서 각각 100가지의 다양한 변화를 일으킬 수 있는데, 하필이면 그중 우리가 제일 잘 짓는 표정이 '무뚝뚝'이라고 한다. 처음에는 무뚝뚝해 보여도 일단 친밀해지고, '정'을 나누는 사이가 되면 누구보다 따스한 것이 바로 한국인이다.

인간人間은 '인간관계'의 준말이다. '人間'을 '사람과 사람 사이'라고 표현하는 것은 그래서다. 좋은 인간관계를 형성하기 위해서는 여러 기술들이 요구되지만, 핵심은 바로 '정'이다. 놀라운 것은, SNS가 보편화되면서 직접 얼굴을 보지 못한 사이에서도 이 '정'을 느낄 수 있다는 사실이다.

그렇다고 '정'이 만병통치약은 아니다. 특히 직장에서 '정'은 넘치는데 정작 일을 못해 주위에 폐를 끼치는 사람을 종종 볼 수 있다. 이러한 사람들은 직장 내부에서 좋은 평판을 얻지 못하는 경우가 많다. 자기 업무를 확실하게 완수해 누구보다 능력을 인정받는 동시에 '정'까지 갖춘 사람. 이런 사람들 주위에는 사람이 모인다. 반면 일은 똑 부러지게 하는데 '정'이 없으면 냉정하다는 평을 받으며 사람들이 다가오지 못한다. '정'이 없는 사람과는 일과 관련된 것이 아니면 함께 커피 한잔 마시는 시간도 낯설고 불편한 기분이 든다.

'정'은 인간과 인간 사이의 끈끈함이다. 그것은 각박하고 메마른 현대인의 마음을 푸근하게 이어주는 끈이다. 우리는 그 이어짐 속에서 편안히 쉴 수 있다. 정이 넘치는 사람들과 함께하면 당신은 어떤 느낌이 드는가? 마치 시골집 할머니의 장롱 속에 고이 모셔져 있는 푹신한 이불처럼 따뜻하고 편안한 느낌을 받지 않는가? 세련되고 정제된 것은 아니지만, 사람의 마음이 느껴지는 아름다운 손길이 바로 '정'이다.

모든 생명은 사람을 성장시키는 데 도움의 손길을 제공한다. 세상의 온갖 생명이 우리에게 아무것도 주지 않는다면 우리의 생명도 멈춘다. '정'은 그 도움에 머리 숙여 깊이 감사하고 고마워하는 마음이다. 아무런 바람 없이 서로가 서로의 존재로 인해 기뻐하고 행복해 하는 것이 바로 '정'이다.

신영복 교수는 "인생의 가장 먼 여행은 머리에서 가슴까지의 여행이다."라는 말로 우리의 자세를 다시금 되새기게 한다. 겨우 30센티미터밖에 안 되는 머리와 가슴 사이가 가장 멀다는 의미를 깊이 생각해 보는 것이 어떨까?

고달픈 인생살이에 번번이 넘어지고 맞아 시퍼렇게 멍이 들어도, 알을 깨고 나온 세상이 또 다른 황야일지라도, 회색 빛깔 콘크리트 속에 둘러싸여 따스함이 땅에 이리저리 뒹구는 낙엽처럼 우수수 떨어지더라도 타고난 우리의 본성을 잊어서는 안 된다. 우리 마음속에 간직한 '정'은 난로처럼 싸늘한 이 세상을 포근하게 덥혀준다. '정'은 우리 몸에 흐르는 피처럼 인간관계에서 필수 불가결한 요소임을 기억하며 살아가는 태도를 체화하는 것이 필요하다.

혀로 사람을 베는 법

소노 아야코의 에세이 《약간의 거리를 둔다》라는 책에 다음과 같은 내용이 나온다. "타인의 장점을 깨닫는 것이 재능이라면 타인의 좋지 않은 점을 깨닫는 것은 우리 모두에게 주어진 본능이다."

남을 헐뜯는 험담은 살인보다 위험하다는 말이 있다. 살인은 한 사람만 죽이지만 험담은 험담을 한 자, 그 험담을 들은 자, 험담으로 피해를 보는 자를 모두 죽이기 때문이다. 사실 사람들은 모였다 하면 뒷담화를 즐긴다. 심지어 뒷담화를 한다는 사실조차 의식하지 못하고 습관적으로 뒷담화를 늘어놓는 경우도 다반사다. 그냥 그 자리에 끼어 있지 못한 사람은 졸지에 도마 위의 생선이 되어 이리저리 파헤쳐진다.

또한 뒷담화는 여러 단계를 거치면서 확대되거나 과장되어 전달되는 경우가 많기 때문에 상처가 더욱 깊고 아프다.

뒷담화가 돌고 돌아 당사자에게 전해질 즈음에는 개미가 코끼리로 변해 있는 수준이다. 가령 회식 자리에서 순수한 의도에서 회사의 미래가 걱정스럽다는 얘기를 꺼냈다고 가정해 보자. 그것은 곧바로 말 전하기 좋아하는 사람의 입을 타고 불평불만이 많은 직원인 것처럼 소문이 난다. 곧이어 회사에 큰 불만을 품고 곧 퇴사할 예정이라는 소문으로 확대된다. 나중에는 이미 경쟁사에 좋은 조건으로 스카우트되었다는 루머로 변질된다. 물론 당사자에게 직접 확인해 보면 당연히 사실무근인 경우가 많다. 문제는 여기서 그치지 않는다. 당사자가 십중팔구 '아, 회사에서 나더러 그만두라는 신호구나'라고 생각할 게 뻔하기 때문이다.

뒷담화는 대개 누군가가 무심코 내뱉은 말로부터 시작된다. 뒷담화를 즐기는 사람에게 다른 사람의 이야기는 단순한 가십거리에 지나지 않는다. 옳고 그름과는 상관없이 한번 씹고 넘어가는 가벼운 주제일 뿐이다. 험담을 좋아하는 사람들은 한껏 쏟아 놓고 또 다른 사냥감을 찾아 금세 관심을 돌린다. 험담을 당하는 사람은 그야말로 속수무책이다. 이미 뒷담화 내용을 사실로 믿어버리는 분위기 속에서는 무슨 말을 해도 변명이나 핑계로 받아들여지기 때문이다.

물론 사회생활을 하는 이상 뒷담화를 하지 않는 사람은 없을 것이다. 나도 무심코 뱉은 말이 누군가에게 상처를 준 적이 있다. 그런 사실을 아주 오랜 시간이 흘러 알게 되면 깜짝 놀라기도 한다. 그러면 당사자에게 고개를 들 수 없을 정도로 미안함을 느낀다. 그러나 이미 엎질러진 물이라 다시 담을 수조차 없다.

탈무드는 이렇게 가르친다. "불 속의 장작더미는 물을 끼얹어 속까지 식힐 수 있지만, 중상모략으로 피해를 본 사람에게는 아무리 잘못을 빌어도 마음 속 불이 꺼지지 않는다."

사람은 결코 완벽한 존재가 아니기 때문에 실수할 수 있다. 그러나 실수를 계속 반복한다면, 그것은 실수가 아니다. 실수를 반복하지 않으려면 우리는 늘 조심하고 자신을 돌아봐야 한다. 내 행동이 과연 옳은지, 내 행동으로 인해 타인이 상처를 받지는 않을지 항상 경계해야 한다. 프란치스코 교황 또한 "뒷담화만 안 해도 성인이다."라고 했다. 다른 사람의 어떤 점이 마음에 들지 않을지라도 그것을 교정하려 들거나, 뒤에서 욕을 하는 것은 잘못된 일이다. 왜 당신의 잣대로 그 사람의 인생을 판단하는가? 지혜로운 사람은 마음에 들지 않는 타인을 보고 '나는 저러지 말아야지'하고 배움을 얻는다.

'타산지석'을 하라는 의미이다. 왜 다른 사람의 마음을 헤아리려 하지 않고 내 기준만 들이대는가?

그렇다면 인간이 수다를 즐거워하는 존재인 이상, 오히려 그것을 잘 이용해 보는 것은 어떨까? 악플 대신 선플을 쓰자는 것처럼 긍정적 의미의 뒷담화를 하는 것이다. 누구나 눈 앞에서 들은 칭찬보다 우연히 듣게 된 칭찬에 더 기분이 좋은 법이다. 어떤 수단으로도 뒷담화꾼들의 입을 틀어막기는 불가능하니 꽤 괜찮은 아이디어가 아닌가. 남의 말을 전하는 입장도 떳떳하고, 결과적으로 이 꽃 저 꽃 옮겨 다니며 꽃씨를 뿌리는 벌처럼 세상도 이롭게 하니 일석이조가 되는 셈이다.

마크 트웨인은 "멋진 칭찬을 들으면 그것만으로도 두 달은 살 수 있다."라고 했다. 그러니 험담이 아니라 칭찬으로 선순환을 일으키는 게 어떨까? LG경제 연구원 조사 결과, 직장인들의 가십성 대화 소재는 '상사의 리더십(21%)', '동료 뒷담화(17%)', '연예인과 정치인(16%)', '보상과 승진에 대한 불만(14%)', '사내 연애(9%)'순으로 나타났다. 가장 많은 뒷담화 소재 역시 '직장 상사'라면 직장인들은 이를 역이용해보는 것도 유익하지 않겠는가?

칭찬은 부메랑이 되어 다시 나에게 돌아온다. 그렇기 때문에 좋은 생각과 좋은 말로 스스로 정화되고 성숙해가는 과정 자체를 즐기고 누리는 것이 훨씬 생산적이다. 나에 관해 좋은 소문을 듣는 일, 내 본래의 모습보다 아름답게 포장된 얘기가 들려오는 일, 그래서 실제로 그런 사람이 되고자 노력하게 되는 일은 내 입으로부터 시작된다. 그러므로 내 입단속부터 잘하고 가급적 긍정적인 말, 칭찬하는 말을 해야 한다. 모든 종교를 통틀어 공통적으로 가르치는 말이 "네가 대접받고 싶은 만큼 남을 대접하라."라는 것이 아닌가.

무인도에 홀로 사는 게 아닌 이상 누군가로부터 자신에 대해 떠도는 험담을 전해들은 경험이 있을 것이다. 그 내용의 사실 여부를 떠나 나에 대해 부정적인 소문이 떠돌아다닌다는 사실은 결코 유쾌하지 않다. 물론 주위의 모든 사람이 나를 좋아할 수는 없다. 하지만 내 뒷담화를 하고 다니는 사람이 많다면 이는 심각한 일이다. 자신의 뒷담화를 하고 다니는 사람이 있다면 기분이 나쁜 것은 둘째 치고 설령 그것이 사실이 아닐지라도 자신에 대해 돌아보는 시간을 갖는 것이 필요하다.

기분 나쁜 일, 괘씸한 일, 욕먹은 일, 화가 나는 일, 비난과 비평은 내가 몇 번이고 반복해서 되새김질하지 않으면 대개 하루 사이에 잊힌다고 한다. 되새김질해봐야 아무런 쓸모가 없다면, 그걸 되풀이해서 생각할 필요는 없다. 그렇다고 애써 잊으려 하지 말고 그냥 다른 것에 몰입하는 게 좋다. 어느 하나에 몰입하면 다른 것은 자연스럽게 잊혀진다.

다른 사람에 대한 이야기 대신, 나에게 집중하는 시간을 가져 보자. 다른 사람의 험담이 아닌, 나 자신의 부족함에 대해 험담해 보고 그를 메꿔 나가는 삶이야말로 가치 있는 삶이라 할 수 있을 것이다. 나 자신에 대한 수다를 떠는 것이 필요한 현대 사회에서 그 수다를 즐거움으로 삼아 보자.

다 이유가 있을 거야

과거 다국적 기업에서 일하던 때의 일이다. 한 사업부의 허위 보고 때문에 곤란에 빠진 적이 있었다. 해당 부서장과 관련된 이야기를 나누었는데, 계속 앞뒤가 맞지 않는 거짓말만 늘어놓았다. 결국 화가 난 나머지 언성을 높였고, 해당 부서장은 내 상사에게 나의 태도를 언급하며 화를 냈다. 그때 부서장님이 나에게 해 주신 단 한마디 말이 있다. "괜찮아, 네 행동에는 그럴 만한 이유가 있었겠지."

겉으로 보이는 것이 전부는 아니다. 밤송이의 날카로운 가시만 보면 그 안의 토실토실한 알밤을 상상할 수 없는 것처럼 말이다. 겉모습으로 쉽게 판단하는 일은 항상 경계해야 한다.

또한 상대방의 행동을 유심히 살펴보면 마음을 읽을 수 있는 단서를 포착할 수 있다. 대화를 할 때에 상대방이 나의 눈을 마주치지 못하거나, 다리를 떠는 것과 같은 몸짓 언어를 통해 상대방의 심리를 파악할 수 있다.

몸짓 언어는 중요한 의사 전달 도구다. 템플 대학의 인류학 분야 교수이자 몸짓 언어에 관해 많은 저서를 슨 레이버드휘스텔Ray Birdwhistell 교수에 의하면, 모든 대화의 65~90%는 몸짓 언어를 통해 이해된다고 한다. 물론 몸짓 언어가 100% 맞아 떨어진다는 의미는 아니다. 그러나 겉으로 보이는 행동에는 다 이유가 있다는 것이다. 따라서 이를 고려한다면 커뮤니케이션에서 유리한 고지를 점령할 수 있다.

언급했듯이 이유 없는 행동, 이유 없는 변화는 존재하지 않는다. 단지 주변에서 그 내면까지 알아채지 못할 뿐이다. 누구에게나 말할 수 없는 사정이라는 게 있지 않은가. 큰 충격을 받거나 소심한 사람일 경우에는 더 내면으로 숨는 경향이 있기 때문에 세심한 관찰과 배려가 필요하다.

전에 근무하던 회사에 늘 분위기 메이커 역할을 하던 직원이 있었다. 늘 유쾌함을 몰고 다니던 그 직원이 어느 날부터 눈에 띄게 말수가 줄고 업무 성과도 떨어졌다. 뭔가 이상했지만 그와 친하게 지내던 동료조차 그 이유를 알지 못했다. 부서 전체의 분위기를 고려한 나는 그를 개인적으로 불러 상담을 했다. 그는 좀처럼 속내를 표현하지 않고 조심하겠다고 했지만 상황은 나아지지 않았다. 이 일을 어떻게 해결해야 할지 고민을 하는 때에 그가 돌연 퇴사 의지를 밝혔다. 자초지종을 물어보니 아내가 유방암 판정을 받아 수술을 받아야 한다는 것이 아닌가.

낭패감이 몰려왔다. 상황을 제대로 파악하지 못하고 닦달을 해댄 내가 한심하고 실망스러웠다. 결혼한 지 얼마 지나지 않은 터라 그에게는 엄청난 충격이었을 것이다. 얼마나 무섭고 두려웠을까? 일단 회사에서 사용할 수 있는 모든 휴가를 끌어 모아 장기 휴가를 사용할 수 있도록 도움을 주고, 자주 문병도 가고 병간호와 회복에 좋은 건강식품 등의 선물도 준비했으며 회사 소식을 궁금해 하는 그에게 새로운 일들을 업데이트해 주면서 응원을 했다. 다행히 수술은 잘 끝났고 회복기를 거쳐 그는 회사로 돌아와 다시 전처럼 분위기 메이커가 되어 주었다. 사람들은 사소한 일에는 민감하고 지극히 중대한 일에는 둔감한 경향이 있다. 가장 친한 동료의 근심과 걱정보다 보여지는 일에만 신경을 쓰던 우리는 참 많은 반성을 했다.

우리가 인생을 살아가면서 무조건 참고만 살 수는 없

다. 시도 때도 없이 화를 내는 것만이 분노 조절 장애가 아니다. 분노가 너무 잘 조절되는 것도 분노 장애다. 분명 화를 내야 할 상황에서 화가 나지 않는 것은 둘 중 하나다. 굉장한 내적 조절 능력이 있거나, 아니면 병적으로 무감각하거나. 그러나 화가 난다고 무조건 화를 내버리면 우리는 매일 화를 내며 살아야 한다.

과연 어떻게 하는 것이 현명한 행동일까? 곰곰이 생각해 보면 잘못을 지적하되 당사자가 마음 상하지 않게 배려할 수 있는 방법을 찾을 수 있다. 가장 중요한 것은 화가 난다고 벌컥 화부터 내지 않아야 한다는 점이다. 흥분을 가라앉히고 이성적으로 생각해야 한다. 벌컥 화를 내면 속은 후련할지 모르겠으나, 그 뒤에 닥칠 여파가 크기 때문이다.

화가 나는 것과 화를 내는 것은 다른 이야기다. 바로 화를 내고 나면 대부분 '조금 더 참았어야 했는데'하고 후회를 하고 만다. 화가 나면 일단 심호흡을 하고 머릿속으로 계산을 해야 한다. '내가 지금 화를 내면 무얼 얻을 수 있을까?' 그렇다. 화를 내면 무얼 잃을까가 아니라 그 반대다.

그러나 화를 낼 때 조심해야 한다고 해서 상대방의 실수를 무작정 묻어두라는 말은 아니다. 실수를 제 때에 지적하지 않는 것도 역시 문제가 된다. 그럭저럭 넘어가면 실수는 대개 반복되고 점점 큰 피해로 연결되기 십상이다.

저명한 정신의학자 엘리자베스 퀴블러 로스Elizabeth Kubler Ross에 따르면, 정말로 화가 났을 때도 그 화는 20초 정도만 지속된다고 한다. 나머지는 그냥 자기 성질을 못 이겨 시끄럽게 소리를 지르는 것에 불과하다는 것이다. 화가 날 때 벌컥 화를 내는 것은 누구나 할 수 있다. 실제로 많은 사람이 그렇게 하고 있고, 그래서 많은 것을 잃는다. 분명 화를 내도 시원치 않을 상황이지만 화를 내지 않고 상대방이 반성하게 만드는 방법은 생각보다 많다. 화가 나는 상황이 잘만 하면 의외로 사람을 얻을 기회가 되기도 한다.

머리 끝까지 화가 나는 일이 있어도, 도무지 이해하기 어려운 상황이 발생해도, 아무리 생각해도 그 행동에 공감하지 못하겠더라도 한 번 더 생각하자. '다 이유가 있을거야'라고 한 번 더 생각하는 것과 그냥 속에서 욱 치미는 대로 행동하는 것은 결과가 하늘과 땅만큼의 차이가 난다.

상대의 행동이 변한 이유를 파악하고 이해한다면, 상대를 더 잘 이해할 수 있게 되며 관계 또한 개선할 수 있다. 상대도 마찬가지다. 이를 통해 서로의 관계를 더욱 돈독하게 만들어 나갈 수 있는 것이다.

사실 입장 바꿔 생각해 보면 세상엔 이해 못할 일은 그리 많지 않다. 단지 마음의 여유가 없을 뿐이다. 마음의 여유를 가지고 다른 사람의 입장이 되어 본다면, 그 사람의 마음을 헤아릴 수 있게 되고 분노를 다스려 관계를 재정립할 수 있게 될 것이다.

상처가 흉터가 되지 않게

주위를 둘러보면 마음에 상처를 안고 살아가는 사람들이 많다. 상처가 없는 사람이 없다고 표현하는 것이 더 옳은 표현인 것처럼 느껴진다. 기술은 무한히 발전하여 몸은 편할지라도 정신적인 부분에서는 병을 지닌 사람이 많다.

마음의 상처는 대부분 사람으로부터 온다. 다양한 인간관계를 맺고 살지만 특히 하루 중 대부분의 시간을 보내는 직장에서의 관계가 인생 전반에 걸쳐 가장 큰 영향을 미친다고 해도 과언이 아니다.

신입 사원일 시절, 옆 부서에 무작정 후배들을 괴롭히는 악명 높은 선배가 있었다. 그 부서에는 내 입사 동기도 있었는데 그 선배가 하도 괴롭혀 참다 참다 폭발하고 말았다. 큰 소리로 같이 맞받아친 것이다. 마침 그 부서의 임원이 지나면서 그 광경을 보게 되었는데 전부터 그 선배의 악행을 알고 있던 그 임원이 내 동기에게는 아무 말도 하지 않고 선배만 야단을 치는 것이었다. 또 후배들을 괴롭히면 회사 차원에서 조치를 취하겠다고 했다. 그 선배는 부서장 앞에서는 잘못했다고 해놓고는 따로 내 동기를 불러 협박을 했다. 결국 내 동기는 얼마 못 가 회사를 그만두었다. 결과적으로는 더 좋은 회사로 옮겨 지금은 아주 성공했으나, 그 동기는 만날 때마다 이 말을 반복한다.

"그때 옮긴 덕분에 잘 됐으니 결과적으론 그 선배 덕이지, 뭐. 그런데 그때 생긴 트라우마로 얼마나 고생했는지 몰라. 정신과 치료도 받고 약도 오래 먹었으니."

우리 주위에는 의외로 과거의 어떤 일로 인한 트라우마로 괴로워하는 사람들이 많다. 정여울 작가는 《늘 괜찮다 말하는 당신에게》에서 트라우마를 다루는 방법에 대해 이처럼 이야기한다. "그 모든 트라우마는 내게 말한다. 트라우마를 없앨 수는 없지만 트라우마와 함께 살아가는 법을 배워야 한다고. 상처를 완전히 낫게 할 수는 없지만 상처와 함께, 상처를 안고, 상처를 보듬고, 때로는 상처로부터 배우며 조금씩 앞으로 나아가야 한다고."

모든 사람은 사회생활을 하다 보면 나에게 트라우마를

유발하는 사람을 만난다. 이를 잘 극복하는 것이 남은 생의 방향을 결정하는 것에 큰 역할을 한다. 그런 사람들이 내 인생에 계속 영향을 미치게 해서는 안 된다. 마음을 졸여도, 끙끙대도, 미워해도 어차피 그들은 인생에서 지나가는 사람들일 뿐이다.

인간이라면 누구나 아픈 기억이 있다. 그 기억이 미래에 대한 불확실성으로 이어져 불안감이 생긴다. 관계에서도 마찬가지다. 인간관계에서 받은 상처는 생각보다 오래 가고 아프다.

일본에서 영업의 신이라 존경받던 하라 이페이는 은퇴식에서 이런 말을 했다. "사람들은 나더러 영업의 신이라고 합니다. 그래서인지 사람들은 내가 어디서나 환영 받는 줄 알지요. 나는 늘 성공만 경험한 사람인 줄 알아요. 하지만 사실 나는 세상에서 가장 많이 거절당하는 사람입니다." 그때 한 기자가 물었다. "그렇게 많은 거절을 당하다 보면 자존심 상하는 일도 많으셨겠군요?" 그러자 하라 이페이는 이렇게 답했다. "아니요. 거절을 하는 사람보다 제 연봉이 훨씬 많았습니다. 자존심 상할 이유가 없지요?"

겉으로 보이는 것이 전부가 아니다. 누구나 내면에 말

못할 아픔과 어려움이 있다. 그것을 얼마나 잘 이겨내느냐의 차이다. 아픔을 잘 극복하고 이겨 내면 오히려 그것이 장점이 되어 스스로를 보호해주기도 한다. 자신의 상황과 처지를 어떻게 바라보는가에 따라 미래가 달려 있다.

성공한 사람들도 각각의 아픔이 있다. 그들은 올바른 결정만을 내린 것이 아니라 자신이 내린 결정을 올바르게 만들어 낸 사람들이다. 그들은 모두 과거의 아픔에 함몰되어 자신의 미래에 나쁜 영향을 미치지 않게 부단히 노력했다. 영국 속담에 '잔잔한 바다에서는 좋은 어부가 나올 수 없다'라는 말이 있다. 영국 북해도의 거친 파도가 영국의 항해술을 발달하게 하여 해가 지지 않는 대영제국을 건설할 수 있었다. 마음에 상처가 없는 사람은 없다. 누구나 상처로 상처를 덮으며 살아가고 있다. 진짜 강한 사람은 아픔이 없는 사람이 아니라 아픔을 잘 이겨낸 사람들이다. 그러니 마음의 상처를 잘 다스려야 한다. 상처가 흉터가 되지 않게 말이다.

✵ 찬란한 가족

누구에게나 가족이 있다. 마음 속에서 절대 떠나보낼 수 없으며, 아무리 힘들어도 우리를 지탱할 수 있게 돕는 근원이자 뿌리가 바로 가족이다. 어쩌면 우리는 가족의 웃음을 지키기 위해 숱한 고통과 고난을 감수하는 것인지도 모른다.

나이를 먹어갈수록 화목하고 단란한 가족을 보면 부러운 마음이 샘솟는다. 밖에서는 자기 능력을 십분 발휘하며 능력을 인정받지만, 가정에서는 그렇지 못한 경우가 상당히 많다. 아무리 성공한 대기업 회장이라 하더라도 가족 간의 불화나 골치 아픈 잡음을 전해 들으면 그의 명성이 별로 부럽지 않다. 밖에서 좋지 않은 일이 있어도 따스하게 맞아주는 가족이 있으면 모든 시름을 잊게 되지만, 밖에서 인정받아도 정작 기댈 가족이 없으면 외롭고 쓸쓸한 법이다. 나도 수 년간 깊은 좌절에 빠져 헤맬 때가 있었는데 그때 가족이 아니었으면 아마 버티지 못했을 것이다.

평생 돈 걱정할 일이 없는 석유왕 존 록펠러의 5대 손인 스티븐 록펠러 주니어 리에코홀딩스 회장은 가장 중요하게 생각하는 가치로 '가족'을 꼽았다. 그에 반해 최근 우리나라는 '쇼윈도 부부'라는 말이 성행할 정도로 가족에 대한 가치가 하락하고 있다.

밖에서 아무리 유능하다고 인정받는다고 해도 가족 구성원에게 훌륭한 가장으로 인정받는 건 쉬운 일이 아니다. 아무리 직장에서 훌륭한 리더라 인정받는 사람도 정작 가정에서 제대로 된 가장으로서의 리더십을 발휘하는 것은 상당히 어렵다. 가정에서는 24시간 노출되어 가식이 숨어 있을 여지가 없기 때문이다. 일단 집에 돌아오면 긴장이 완전히 풀어지기 때문인지도 모르지만, 밖에서 만나는 사람들을 대하듯 가족에게도 최소한의 예의를 지키는 경우는 굉장히 드물다. 한번은 자신은 늘 민주적이고 열린 마음으로 가족을 대하는데, 자신이 가족으로부터 조금씩 소외되고 있다는 느낌을 받는다는 어느 지인의 집을 방문한 적이 있다. 어쩌다 보니 늦은 시간까지 머물게 되었는데 그는 한창 유행하는 미니시리즈를 보고 싶다는 자녀들의 말을 무시한 채 계속 〈가요무대〉만 보고 있었다. 그는 끝까지 TV 리모컨을 양보하지 않았다. 가족들은 모두 자기가 보고 싶은 것을 보기 위해 각자의 방으로 흩어졌다. 그가 왜 소외되는 느낌을 받는지 본인만 빼고 다 알고 있었다. 가족 구성원끼리 지켜야 할 최소한의 예의를 지키지 않기 때문이었다.

특히 가족 구성원들 중에서 배우자와의 사이가 가장 중요하다. 인간이 당하는 가장 큰 고통, 슬픔, 스트레스는 배우자의 사망이라고 한다. 배우자와 사이가 좋으면 칼날처럼 좁은 침대 위에서도 행복하게 잘 수 있지만, 그렇지 않으면 10미터나 되는 넓은 침대도 좁게 느껴지는 법이다. 탈무드에도 "이 세상에 가장 행복한 사람은 가장 현명한 아내를 만난 남자다."라는 말이 있다. 반대의 경우도 마찬가지일 것이다.

물론 부부가 오랜 시간 살면서 좋은 시간만 보낼 수는 없다. 서로 용서하고 채워주며 가정을 지키는 것이다. 그런 오랜 과정을 통해 부부 사이는 더 친밀해지고 견고해진다. 지미 카터 전 미국 대통령 부부는 금슬이 좋기로 유명했다. 어느 강연에서 금슬이 좋은 이유를 질문 받자 카터 대통령이 대답했다. "저희 부부의 금슬은 애정이 30이고 용서가 70입니다." 그러자 뒤에 앉아 있던 로절린 여사가 바로 일어나서 이의를 제기했다. "잠시만요, 애정이 10이고 용서가 90으로 수정해야 합니다."

요즘 TV 프로그램들은 완성된 가족에는 별 관심이 없어 보인다. 오히려 조각난 가족의 단면을 보여 주거나 평범한 가족을 어떻게든 갈라서게 만드는 일에 혈안이 되어 있다. 멀쩡한 부부들을 등장시켜 누가 먼저 이혼할지 여부를 살펴보는 프로그램까지 존재할 정도다. 아예 이혼한 커플을 다시 함께 출연시켜 관찰하는 프로그램도 생겼다. 남녀를 막론하고 결혼을 꼭 해야 하는지 고민하는 경우를 보면 배우자가 나중에 방송을 볼 것임에도 거의 모든 출연자들이 잘 생각해보라며 손을 휘젓는다.

직장인이든 자영업자든 고객을 만족시켜야 돈을 벌 수 있기 때문에 누구나 고객 만족이라는 이슈에는 민감하다. 그러나 행복한 인생을 꾸려 가기 위해 가장 중요한 고객은 가족이라는 생각은 별로 하지 않는 것 같다. 오히려 가족이라는 이유만으로 감정적인 말을 거르지 않고 쏟아 붓거나 마음 내키는 대로 행동하고 불평을 늘어 놓는다. 하지만 이런 상황이 지속된다면 점점 갈등이 쌓이고 마음에 벽이 생겨 결국 대화가 줄어들게 되고, 메울 수 없는 간극이 생길 수밖에 없다.

여러 방송 매체와 지인들에게서 이혼하는 사유를 들어보면 사소한 것이 쌓이고 쌓여 나중에는 어떤 말로도 설득되지 않는 딱딱한 돌덩이로 서로의 가슴을 내리치고 있음을 알 수 있다. 모든 것의 원인은 상대방에게 있다고 여기고, 서로를 원망하고, 경멸하고 분노에 가득 차 상대방의 말은 어떤 말도 들리지 않는 지경에 이른다. 2021년 5월 통계청에서 발표한 우리나라의 이혼 건수는 연간 10만 6,500건에 달하며, 꾸준히 증가하는 추세이다. 이들의 결혼 생활은 평균 15.6년으로 결코 짧지 않은 세월을 함께 하다가 40대(남성은 48.3세, 여성은 44.8세)에 가장 많이 이혼한다. 요즘 새로 입사하는 신입사원들의 상황을 보면 어림잡아 열 명 중 서너 명은 한부모와 살고 있다. 어릴 적 부모의 불화로 씻기 힘든 상처를 입은 자녀가 결혼에 대한 회의적인 생각을 갖고 비혼을 선택하는 경우도 급속히 증가하고 있다.

사회생활을 하면서 여러 사람을 만나다 보면 그 사람이 어떤 가정에서 지내왔는지 파악할 수 있다. 대화를 하는 중에 으레 집안 얘기도 나오기 때문이다. 이야기 속에서 화목함이 물씬 묻어나면 더욱 신뢰가 가고 호감이 느껴진다. 간혹 처음 만나는 내게 배우자나 부모, 혹은 자식에 대해 쉬지 않고 불평을 터트리는 사람이 있다. 그런 사람과는 비즈니스는 물론 그 어떤 일로도 엮이고 싶지 않다.

가정은 모든 관계의 뿌리이자 근본이다. 겉으로 드러나지는 않지만 우리를 지탱할 수 있도록 도와주는 힘의 원천이 바로 가정이다. 물론 일상생활에서 잘 드러나지는 않지만, 실제로는 아주 강력한 힘으로 우리 삶에 커다란 영향력을 행사한다.

인간은 땅 위에 솟은 나무 같은 존재다. 그렇기 때문에 흙 가슴을 떠나면 금방 말라비틀어지고 만다. 가정이 바로 그 흙 가슴이다. 그 흙 가슴에 깊이 뿌리를 내리고 든든하게 서 있어야 강한 바람에도 정면으로 맞설 수 있는 법이다. 거듭 말하지만 모든 관계의 근원은 가정이라는 사실을 결코 잊어서는 안 된다.

‘그냥’ 듣기 말고 ‘잘’ 듣기

대부분의 자기 계발서에서 ‘경청’의 중요성에 대해서 이야기한다. 그만큼 ‘경청’이 중요하고 어렵다는 의미이다. 사회생활에 있어서 경청에 대한 중요성은 아무리 강조해도 부족하다. 그러나 많은 사람들을 만나면서 경청을 제대로 하는 사람을 만난 기억이 별로 없다. 경청에 대한 책을 쓴 사람조차도 경청이 중요하다고 말하느라 남의 이야기를 잘 들어줄 여유가 없다.

우리는 보통 듣고 싶은 말만 듣는다고 한다. 이 말은 진실일까? 듣고 싶지 않아도 들리는데 어떻게 듣고 싶은 말만 들을 수 있느냐고 반박하고 싶은가? 그냥 듣는 것과 그를 수용하는 것은 완전히 다르다. 내 귀가 즐거워하는 말, 마음에 흡족한 말만 골라서 받아들이는 것이다. 그냥 흘려듣는 것은 귀로 들어도 듣는 것이 아님을 기억해야 한다.

사실 상대의 말을 제대로 듣는 것은 쉬운 일이 아니다. 우리는 상대의 말을 다 듣는다고 생각하지만 실제로 듣는 행위는 인내와 노력이 필요하다. 경청이 인간관계에 있어 성공의 열쇠로 알려진 이유는 그래서다. 심지어 경청이 가장 중요한 덕목인 전문 코치 중에서도 제대로 된 경청의 기술을 가진 코치는 찾아보기 쉽지 않다.

미국의 정신과 의사이자 공동체 운동가인 모건 스콧 펙Morgan Scott Peck은 자신의 저서《아직도 가야 할 길The Road Less Traveled》에서 "듣는 연습은 학교에서부터 가르쳐야 한다"라고 강조한다. 듣는 법을 가르친다는 것은 쉽게 듣는 법을 가르치는 것이 아니라 잘 듣는 것이 중요하며 어렵다는 사실을 알려주는 것이다.

잘 듣는다는 것은 상대방에 대한 관심을 실천에 옮기는 일이다. 사람들은 자기 자신에게만 관심을 두는 경우가 많기 때문에 잘 듣는 것은 굉장히 힘들다. 물론 사람들은 대부분 듣는 척을 하지만 그것은 그냥 척일 뿐, 다음에 자신이 할 말을 궁리 중일 가능성이 높다. 그래서 가끔은 상대방이 말하는 도중에 끊기도 하고 생뚱맞은 말이 튀어나오기도 한다. 하지만 입 안 가득 찬 말을 꿀꺽 삼키고 상대의 말을 끝까지 듣겠다는 마음가짐을 지녀야 한다.

'듣는다'는 의미를 가진 영어 단어는 히어링Hearing과 리스닝Listening이 있다. 이 두 단어가 비록 '듣는다'는 큰 의미는 동일하지만 '히어링'은 그냥 물리적으로 들리는 소리를 듣는 수동적 듣기를, '리스닝'은 의식적으로 정보를 분석하는 능동적 듣기를 의미한다. 듣기에는 구체적으로 3가지 방법이 있는데, 첫 번째는 공감적 듣기로 발화자의 속마음을 헤아리면서 듣는 것으로 가장 높은 차원의 듣기이다. 두 번째는 이성적 듣기, 즉 이성적으로 냉정한 태도를 가지고 듣는 것이고 세 번째는 피상적 듣기, 듣는 척만 하는 것이다. 공감적 듣기를 하는 사람, 즉 경청을 하는 사람의 주변은 언제나 사람들이 가득한 반면, 피상적 듣기를 하는 사람과 대화를 하고 싶어하는 사람은 몹시 드물다.

오충순 작가는《미안하다는 말은 너무 늦지 않게》라는 책에서 제대로 된 '경청'은 치유의 힘을 지니고 있다고 강조한다. 그렇기 때문에 우리는 머리로 듣기 전에 가슴으로 듣는 태도를 지니고 체화해야 한다. 이것이 바로 공감적 듣기이며, 경청이다.

대부분의 사람들은 누군가의 말을 들을 때 내 기준에

따라 상대를 판단하고, 상대에게 충고하고자 한다. 이미 상대가 말하는 것보다 내가 더 많이 알고 있다고 생각하기 때문이다. 하지만 그렇지 않음을 깨달아야 한다. 내가 너보다 낫다는 우월감은 끊임없이 의식하며, 짓누르지 않으면 언제든 튀어나온다.

특히 이런 현상은 상하 관계에서 유난히 두드러지는데, 대부분의 윗사람들이 아랫사람 앞에서 허리를 꼿꼿하게 펴고 명령을 하달하기 바쁘기 때문이다.

이러한 자세는 문제 해결 능력을 감소시키고, 창의성을 떨어뜨리는 결과를 낳는다. 그렇기 때문에 우리는 상대의 이야기를 끝까지, 마음을 다해 들어주어야 하는 것이다.

당신은 당연한 말을 하고 있는 상대의 말을 끝까지 기다려본 적이 있는가? 이를 해 보면 알겠지만, 이는 대단히 인내심이 필요한 일이다. 상대의 말꼬리를 잡아채 발언하고자 하는 욕구를 무시하는 것은 굉장히 힘든 일이다.

사실, 잘 듣는 사람들은 말수가 적다. 상대의 말을 공감하고 이해하기 때문에 말을 하기보다는 상대가 더 많은 말을 할 수 있도록 도움을 준다. 그러므로 경청은 자신의 내면이 얼마나 성숙한지 살펴볼 수 있는 척도라고도 할 수 있다.

힘으로는 상대방의 힘을 얻는데 그치지만 경청으로는 상대방의 마음을 얻을 수 있다. 상대의 말을 귀 기울여 듣기 시작하면 자신을 둘러싼 환경과 주위 사람들이 의미 있는 이야기를 속삭이고 있음을 깨닫게 될 것이다.

토닥토닥 공감의 힘

한창 성공에 대한 꿈을 안고 앞만 보고 살아갈 때는 주위에 성공한 사람, 잘 나가는 사람들이 주로 눈에 들어온다. 소위 잘 나가는 사람들과 말을 섞고 싶고, 만남을 갖고 싶다. 그런 시기를 지니고 나면 사람을 보는 눈이 조금씩 달라진다. 자신이 처한 상황에 따라, 얼마나 성숙했느냐에 따라 사람을 보는 눈도 성숙해진다.

우리는 '공감'을 잘 하는 사람들을 더 자주 만나고 싶다는 것에 '공감'할 것이다. '공감'을 잘 하는 사람들은 마음을 편하게 만들어 주는 재능을 갖고 있기 때문이다. 서울백병원 정신 건강 의학과 우종민 교수는 공감이란 '자신의 감정과 다른 사람의 감정 상태를 잘 파악하고 구별한 후 이 정보를 활용해서 상대방의 마음을 잘 이해하고 이를 바탕으로 긍정적인 상호작용을 하는 것'이라 정의했다*. 이처럼 '공감'은 타인의 상황과 기분을 느끼는 능력, 즉 타인의 사고나 감정을 자신의 내면으로 받아들이고 타인이 체험하는 것과 동질의 심리적 과정을 만드는 일을 말한다. 그런데 위에서 살펴본 공감의 정의에 '다른 사람의 감정 상태'보다 '자신의 감정'이 가장 먼저 나오는 것이 아주 흥미롭다. 자신의 감정과 직면하지 못하면 다른 사람의 감정도 이해하기 어렵기 때문이다.

사실 공감하는 능력은 아주 어린 시절부터 마주하게 된다. 결국 공감이라는 것은 다른 사람의 마음을 인지하고 상대의 감정을 이해하는 사회 인지의 발달 과정이기 때문이다. 요즘 들어 아동 학대 사건이나 과거 학폭에 대한 폭로가 뜨거운 감자인데, 가해자는 피해자에게 평생 씻을 수 없는 상처를 줘놓고도 '그 정도로 힘들어 할 줄은 몰랐다', 혹은 '장난이었다'라며 자신의 변명만 늘어놓기 바쁘다. 이 이유가 무엇일까? 바로 상대방의 입장에서 얼마나 아프고 힘들었는지 생각해 보는 공감 능력이 떨어지기 때문이다.

최근에 많이 사용되는 신조어들을 보면 편견으로 가득

---

* DBR 156호 (2014. 7월 Issue 1)

찬 것들이 아주 많다. 꼰대, 틀딱, 맘충 등 혐오와 편견으로 점철되어 있어 공감이 비집고 들어갈 틈이 존재하지 않는다. 상대방을 이해하려고 노력하기보다 일단 편을 가르고 '저 사람들은 왜 그러는지 도대체 이해가 안가'라고 벽을 쌓고 자신과 다른 상대를 대놓고 비하한다.

SNS 친구 한 분이 굉장히 힘든 일을 당해서 어디에 털어놓을 데도 없어 자신의 심경을 SNS에 올린 적이 있었다. 안 그래도 여러 가지 어려움을 겪어온 분이라 안타까운 마음으로 짧은 댓글을 남겼다. 그랬더니 내 댓글을 보고 펑펑 울고 큰 위로가 되었다고 장문의 메시지를 보내왔다. 내가 적은 글은 단지 '토닥토닥'이란 단어였다.

이처럼 상처 입은 마음을 치유하는 힘 중 가장 강력하고 실제로 눈에 보이는 효과를 나타내는 힘이 바로 '공감의 힘'이다. 오랜 기간 동안 천문학적인 비용을 쏟아부어 만든 그 어떤 항우울제보다도 더 효과가 탁월하다. 게다가 공감의 힘이 그 어떤 약보다 훌륭한 점은 부작용이 전혀 없다는 점이다.

사회생활을 하는 데 있어서 계발해야 할 능력 중에 가장 획득하기 어려운 것이 바로 공감 능력이다. 이 능력은 천성적으로 타고난 인성과 상당한 관련이 있다. 그렇다고 후천적으로 습득이 불가능한 것은 아니다. 공부를 많이 한 정신과 의사나 심리 상담사가 환자나 상대방의 공감을 잘 끌어내는 것을 보면 학문적으로 연구를 많이 하거나 경험이 쌓이면 어느 정도 공감을 끌어내는 능력을 갖출 수 있다고 볼 수 있다. 실제로 이를 뒷받침하는 연구 결과도 있다.

그러나 내가 경험한 공감의 대가들은 이런 전문 훈련을 받은 사람도 아니고 많이 배운 사람들도 아니다. 그저 내 주위에서 오랜 시간 나를 지켜봐 준 사람들이다. 제대로 된 공감을 위해선 우선 뻣뻣한 목과 어깨의 힘부터 빼고 가르치려는 태도를 버려야 한다.

공감을 잘하는 사람은 비교적 정서적으로 안정되어 있다. 여기서 중요한 것은 무조건 편이 되어준다고 공감하는 것은 아니라는 사실이다. 범죄를 저지른 사람에게 '널 이해해, 네가 무조건 옳아'라고 하는 것은 공감이 아니다. 공감은 사회적 도덕과 정서적 안정을 기초로 한다. 정서적 공감은 타인이 처한 상황, 특히 고통에 대한 높은 감수성과 결합된 성숙한 공감 능력을 의미한다. 힘들어하는 사람을 보고 눈물을 뚝뚝 흘린다고 다 정서적 공감은 아니다. 오히려 '공감하는 척'이 역효과를 불러올 수 있다. 정신 건강의 정혜신 박사는《당신이 옳다》라는 책에서 이렇게 강조한다. "공감할 내용이 드러나지도 않았고 공감할 부분이 아직 없는데 끄덕이며 공감해주는 사람은 과녁 없이 아무데나 활을 쏘는 궁사다." 상대방이 아플 때 나도 그 아픔을 느끼는 것, 슬픔과 두려움을 느낄 때 그런 마음을 어루만져 줄 수 있는 것이 진정한 공감 능력이다.

주위에 공감 능력을 가진 사람이 있으면 행복하다. 그러나 따뜻하고 좋은 사람들과만 관계를 맺고 살 수 있으면 좋겠지만 실제로는 주위에 소통이 어렵고 이해가 힘든 사람이 더 많은 것이 현실이다. 사실 공감을 잘해주는 사람을 찾기에 앞서 자신이 얼마나 공감 능력을 갖춘 사람인지 돌아보는 것이 우선이다. 내 지인들에게 얼마나 공감 능력을 갖춘 사람인지 자신에게 물어보는 시간을 가져라.

팍팍한 세상살이에 내 몸 하나 건사하기 힘든 정글 같은 일상이라 상대에게 공감하고 맞춰주려는 노력을 기울이는 것은 매우 어려운 일이다. 이를 깨달을 때 스스로 공감 능력을 키워 주위 사람을 돌아보는 사람들이 더욱 빛난다. 공감 능력은 상호작용을 불러 일으킨다. 지인들의 상황을 이해하고, 그 기분을 함께 느끼고, 적절하게 반응하며 공감을 하다

보면 어느새 자신에게 공감의 말을 건네는 사람들이 많아졌음을 느끼게 될 것이다.

✵ 소통 근육 키우기

소통은 상호작용이다. 일방적으로 말하는 것도, 듣는 것도 모두 소통이라고 보기는 어렵다. 소통을 잘하기 위해서는 중심을 상대에게 두어야 한다. 내 의견을 전달하는 것도 필요하지만, 상대의 의사 파악이 제일 중심이 되어야 한다는 의미이다. 'OK 사인'을 예로 들어보자. 엄지와 검지로 동그라미를 만드는 미국식 OK 사인은 말 그대로 '좋다'라는 의미다. 그러나 한국과 일본에서는 돈을 의미하고, 프랑스에서는 0zero라는 의미로 사용되며 부정적인 의미는 내포하지 않는다. 그러나 이 OK 사인을 삼가야 하는 곳이 있다. 브라질을 비롯한 남미 국가들에서는 가장 외설스런 욕설이기 때문이다. 그런 나라들에서 OK 사인을 사용해 놓고 '그런 뜻이 아니었어'라고 해 봐야 소용없다. 소통의 비중은 받아들이는 사람에게 더 높기 때문이다.

소통 능력은 저절로 생기지 않는다. 소통 능력은 마치 근육과 같아서 머리로 배우기만 하고 열심히 갈고 닦지 않으면 절대 탄탄해지지 않는다. 그러나 우리 주위에는 이 소통 능력을 글을 통해 익히려는 사람이 많다. 소통에 관한 책을 많이 읽는 자가 소통을 잘하는 것이 아니라 습관이 되어 실제 생활에서 잘 활용하는 사람이 진짜 소통 능력을 소유한 사람이다. 이 소통 능력은 사회 생활에 있어서 성공을 위한 가장 중요한 요소이기도 하다.

공감 능력, 커뮤니케이션 능력이 거의 모든 자기 계발서에 언급되고 진부할 정도로 계속 반복되는 이유는 매우 중요하지만 그만큼 어렵다는 뜻이다. 특히 직장에서 그 중요도는 더 커진다. 직장 생활을 하다 보면 끊임없이 커뮤니케이션을 해야 하는데 그중에서 가장 큰 영향을 미치는 인간관계가 바로 상사와의 관계다. 잡코리아에서 조사한 바에 의하면 직장인의 95.8%가 직장 상사와 갈등을 겪은 적이 있으며, 이들 중 90.2%가 상사 때문에 퇴사를 생각해 본 적이 있는 것으로 나타났다. 상사와의 갈등은 쉽게 해결되지 않는다. 직급이나 지위 차이는 물론이고, 세대 차이까지 영향을 미치기 때문이다.

상대를 이해하는 데는 사람마다 각각 소요되는 시간이 다르기 때문에 '상대방의 입장을 이해하려면 상대의 신발을 신어 보라'라는 말처럼 그 입장을 이해하기 위한 많은 노력이 필요하다. 그러나 직장에서는 하루하루 자신을 지켜내기도 힘들기 때문에 이런 노력을 기울이기가 쉽지 않은 것이 현실이다. 그러나 윗사람이 먼저 노력하고 바뀌어야 한다. 그러면 아랫사람도 윗사람을 보고 그를 배워 나갈 수 있다.

만약 당신이 선배된 입장에서 조언을 하거나 질책을 해야 하는 상황이 생긴다면, 이 두 가지를 기억해야 한다. 첫째, 상대를 좋은 방향으로 변화시켜주고 싶은 만큼 애정을 가지고 있거나, 둘째, 상대가 변할 여지를 가지고 있다고 생각이 들 때에 조언을 제공하는 것이 좋다.

말콤 글래드웰은 《아웃라이어》에서 소통의 문제에 대해 1997년 한국 비행기인 대한항공 801편 괌 추락 사고를 예로 설명한다. 상명하복의 문화인 한국에서는 기장이 잘못해도 부기장이 감히 이의를 제기하기 어렵기 때문에 사고가 났다는 것이다. 이는 제대로 된 파악없이 사례를 적용한 것이긴 하나, 일반적으로 기장과 부기장과 관련해서는 말콤 글래드웰의 주장이 맞는 것으로 파악된다. 비행기 사고를 조사해보면 기장과 부기장 중 기장이 조종할 경우 사고가 더 많이 발생했다는 것이다. 사람들은 보통 자신보다 경험이 많고 실력이 뛰어난 사람에게는 자신의 의견을 잘 제시하지 못하는 경향이 있는 것이 사실이다. 그러니 일반적으로 기장이 조종간을 잡았을 때 부기장은 의견을 제시하지 못하는 경우가 많다. 즉, 기장과 부기장 사이의 소통만 원활해도 비행기 사고율을 월등하게 낮출 수 있다.

최근 SNS를 통한 소통이 늘어나고 있는 가운데, 내용과 관련 없는 댓글을 다는 사람들이 종종 보인다. 이러한 사람들은 소통하는 데에 진정성을 지니지 않은 것과 같다. 소통하고자 하는 태도를 갖추지 않은 것이다. 진정으로 소통을 하고자 하는 사람은 상대에 대한 배려를 갖추고, 상대에게 초점을 맞추는 사람이다. 당신은 어떠한가? 당신은 진정한 소통을 하고 있는지 다시 한번 생각해 보자.

겸손 상실의 시대

"노래 정말 잘 하시네요!"라는 말을 하면 과거에는 "아닙니다. 아직도 많이 부족합니다."라는 답변을 했다면, 지금은 "저 노래 잘하죠? 춤도 잘 춥니다!"라고 답을 하곤 한다. 요즘 흔히 말하는 MZ세대는 겸손보다는 자신을 거리낌 없이 드러내는 것을 미덕이라 생각하고, 겸손과 겸양의 미덕을 '꼰대'라는 말로 치부하곤 한다.

기실, 겸손을 제대로 실천하지 못하면 역효과가 더 큰 경우도 있다. 가령 장동건이나 원빈이 "나 스스로 잘생겼다고 생각해본 적이 없습니다."라고 말하면 과연 겸손으로 받아들여질까? 아마 인터넷에 '장동건 막말'이라는 제목의 기사가 올라오고 검색어 순위 상위에 자리잡으며, '그럼 나 같은 평범한 남자들은 다 죽으란 말인가요?'류의 댓글이 폭주할 게 뻔하다.

이젠 '겸손'이라는 단어가 옛날과는 다르게 사용되어야 할 것처럼 보인다. 자신이 잘하거나 가진 것에 대해 부정하는 것으로 타인의 위신을 높여주는 것이 아닌 나 자신의 능력을 인정하면서 다른 사람을 존중하는 의미로 말이다. 우리는 왜 겸손해야 할까? 인생이 상승 곡선을 그릴 수도, 하향 곡선을 그릴 수도 있기 때문이다. 오늘 잘나간다고 한껏 교만해지면 인생은 슬며시 뒤통수를 강타하고 멀찌감치 물러서서 팔짱을 낀 채 나를 비웃는다. 내가 몇 년 이것저것 시도해본다고 어영부영 했더니 별 볼 일 없던 후배나 동기가 성공해서 나를 내려다보고 있는 씁쓸한 일은 어렵지 않게 경험할 수 있다. 우리의 인생은 뒤집히고 뒤집는 과정의 연속이다. 언제 우리의 인생이 전복될지 모르기 때문에 항상 그에 대비하는 자세로 겸손을 선택하는 것이다.

당신이 제안한 개선안이 채택되어 실행된다면, 당신은 굉장한 기쁨을 느낄 것이다. 그러나 그 기쁨에 도취되어 자만에 빠져 다른 사람에게 이를 떠벌리고 다닌다면 개선안이 채택되지 않은 사람들에게 박탈감을 줄 수 있다. 이러한 박탈감은 열등감을 불러일으키고, 당신에게 부정적 영향을 미칠 가능성이 생긴다.

인간은 다른 사람을 부러워하거나 질투하는 본성을 가지고 있다. 이러한 부작용을 줄이기 위해 당신은 어떻게 해야 할까? 사람들이 겉으로라도 당신에게 동조하게 만들어야 한다. 이러한 때에 필요한 것이 바로 겸손한 모습이다. 만약 '내가 잘하면 되는 거 아니야?'라고 생각하고 있다면, 다른 사람 도움 없이 일을 추진해 보라. 아무리 좋은 기획안이나 개선안도 혼자서 추진한다면 성공할 수 있는 가능성이 현저히 낮아진다.

자신이 주도적으로 나서서 일을 실행해야 할 경우에는 더욱 더 겸손한 자세를 잃지 말아야 한다. 겸손한 마음으로 진정성을 담아 성실한 모습을 꾸준히 보여 준다면 등을 돌렸던 사람도 악수를 청해오게 마련이다. 이러한 겸손은 스스로를 낮추는 척하는 것이 아니라 실제로 자신을 낮은 위치로 내려 놓아야 가능하다.

물론 과도한 겸손은 좋지 않다. 자기 능력을 너무 깎아내려도 마찬가지다. 슈퍼맨 캐릭터를 만들어낸 제리 시겔과 조 셔스터는 자신들의 능력을 과소평가한 탓에 당시 캐릭터를 단돈 130달러에 독점 판권 형식으로 넘겨버렸다. 그러나 그 캐릭터의 가치는 10억 달러가 넘었다. 10억 달러짜리를

1인당 65달러에 넘겼다는 얘기다! 그렇기 때문에 자기 자신의 잣대를 잘, 올바르게 세워야 한다. 너무 한쪽으로 기울면 문제가 발생하기 때문이다. 아테네에 서 있는 조각품 중에는 땅을 내려다보는 소크라테스, 하늘을 올려다보는 플라톤, 앞을 똑바로 보는 아리스토텔레스가 있다. 이처럼 상황에 따라 어디를 바라볼 것인지는 자신의 선택에 달려 있다.

하지만 세상에 거들먹거리며 스스로를 구렁텅이로 밀어 넣는 사람만 가득한 것은 아니다. 알고 보면 진정한 가치를 볼 줄 아는 사람들이 더 많다. 그래서 이 사회가 지탱되는 것이 아니겠는가?

우리는 세계의 높은 산을 정복한 사람들의 소식을 들으며 그들의 도전 정신과 노력에 아낌없는 박수 갈채를 보낸다. 아무나 할 수 없는 일을 하는 사람들이기 때문이다. 높은 산을 오르는 사람들에게는 두 가지 사조가 있다. 등정주의와 등로주의다. 등정주의는 일단 오르는 것에 집중한다. 어떻게든 그 산봉우리를 정복하면 목표를 달성하는 것이다. 그러나 아무리 험한 산도 누군가가 개척해 놓은 길이 있기 때문에 다음 사람이 도전할 수 있다. 목숨을 걸고 아무도 가지 않은 길을 개척하며 누군가의 등정을 돕는 것이 바로 등로주의다. 누군가 나의 어려움을 알아주지 않더라도 길을 개척하는 것에 가치를 두는 것이다. 뒤를 따라올 누군가를 위해서 말이다. 이런 사람들의 희생 덕분에 많은 사람들이 가치 있는 도전을 시도할 수 있다.

현대 사회에서는 똑똑한 사람, 남들을 휘어잡고 이끌고 가려는 사람은 많지만 타인을 위해 손해를 감수하는 사람은 줄어들고 있다. 스스로를 낮추고 다른 사람의 가치를 귀히 여기는 중심을 가진 사람이 늘어나면 늘어날수록, 현대 사회는 더욱 인간이 인간답게 살 수 있는 사회로 변모할 것이다.

존 맥스웰은 '성공의 척도는 자신을 섬기는 사람의 수가 아니라 자신이 섬기는 사람의 수'라고 했다. 늘 져 주고 손해를 보면서도 내 눈앞의 이익보다 다른 사람을 위해 겸손하게 희생하는 사람들의 덕분에 세상은 더 옳은 방향으로 흘러간다. 이러한 사람들이 겉으론 어리석어 보이지만 결국 가장 현명한 사람들임을 기억하자.

훌륭한 '관계 뜨기'

모든 사람들은 다른 사람과 좋은 관계를 맺으며 살아가길 원한다. 하지만 노력하지 않고 저절로 맺어지는 좋은 관계는 없다. 설사 그런 관계가 있더라도 노력하지 않으면 금방 한계를 맞이한다. 반면 아무리 어려운 사람도 노력 여하에 따라 이상적인 관계로 발전할 수 있다. 좋은 관계로 둘러싸인 사람은 행복하다. 좋은 사람을 얻는 가장 좋은 방법은 내가 먼저 좋은 사람이 되는 것이다.

복잡하고 치열한 삶 속에서 나한테 딱 맞는 사람, 말하자면 이상형을 우연히 만나기란 쉽지 않다. 좋은 사람을 만나는 가장 좋은 방법은 자신이 먼저 남에게 좋은 사람이 되는 것이다. 누구나 좋아할 만한 사람이 되어보라는 얘기다. 조금만 관심을 기울이면 상대방이 내게 호감을 가질 수 있는 기회를 수없이 흘려보내고 있음을 알 수 있다.

이상형은 이성 간에만 존재하는 게 아니다. 학교 친구, 회사 동료, 업무 관계자, 여러 가지 사회 활동 중에 만난 사람 사이에도 이상형이 존재한다. 성별에 상관없이 말이다. 인간 관계가 풍부한 사람을 잘 관찰해 보면 다른 사람과의 관계를 매우 중요시하고 사람들에게 좋은 사람이 되어 주고자 노력한다는 것을 알 수 있다. 그런 사람을 만나면 기분이 좋고 늘 함께하고 싶은 마음이 든다. 그런 사람들이 바로 인간관계의 이상형이다.

신기할 정도의 우연과 인연을 다룬《세렌디피티Serendipity》라는 영화가 있다. '세렌디피티'라는 말은 영국의 작가 호레이스 월폴이《세런디프의 왕자들》이라는 동화에서 영감을 얻어 만든 말이다. 인도의 세 왕자가 보물을 찾아 여행을 떠나는데 자신들이 원하던 것을 얻지 못했다. 그렇지만 뜻밖의 사건을 겪으면서 인생을 살아가는 데 필요한 지혜와 용기를 다른 곳이 아니라 자신의 마음 속에서 찾아 낸다는 이야기다. 동화와 영화는 목적을 향해 나아가는 과정에서 값진 깨달음을 얻는 것으로 마무리되며 행복과 행운이 우연히 주어지는 것이 아님을 보여준다.

만남도 마찬가지다. 현실에서는 세렌디피티 같은 만

남은 좀처럼 일어나지 않는다. 행복한 만남은 순수한 마음으로 사람들을 좋아하고 기꺼이 남을 돕는 사람에게 일어난다. 이런 관계는 오랜 시간 숙성의 기간이 필요하다. 내가 먼저 매력적인 사람이 되어 사람들이 찾아오게 하고, 내가 사람들의 이상형이 되어주는 것이 행운을 가져다주는 좋은 만남의 지름길이다. 가식 없이 진정성을 가지고 맺을 수 있는 인간관계야말로 사회적 네트워크의 키포인트라는 것을 기억해야 한다.

'관계의 습관'이라는 것이 있다. 이는 어떤 일 혹은 어떤 사람과 어떻게 시작하느냐에 따라 설정되는 관계의 틀을 말한다. 새로운 일을 시작할 때 첫 단추를 꿰듯이 먼저 틀을 잘 짜는 것이 중요한 것처럼 관계에서도 시작이 중요하다.

관계에 있어서 처음 시작이 중요하지만 먼저 말을 거는 것은 어색하고 불편한 일이다. 특히나 한국인은 처음 보는 사람에게 말을 거는 데 익숙하지 않다. 모르는 사람과 엘리베이터에 함께 타면 시선 처리 때문에 그 시간이 매우 길고 불편하게 느껴지면서 숨소리까지 신경 쓰이지 않던가.

그러나 여기에 비밀이 숨어 있다. 이를 오히려 역으로 이용해 보는 것이다. 이런 '생각 비틀기'가 어색한 상황을 기회로 만들 수 있다. 부끄러움을 지그시 누르고 먼저 말을 걸어 보는 것이다. 그것은 '어색함을 감수하고라도 나는 당신과 친해지고 싶습니다'라는 의미로 받아들여질 수 있다. 신입 사원으로 회사에 입사했을 때, 같이 점심 식사를 권한다면 그 사람이 고마움을 느끼고 당신에게 마음의 문을 활짝 열 것이 분명하다.

심리학에 '수면자 효과Sleeper Effect'라는 이론이 있다. 이것은 같은 정보가 일정한 간격으로 들어오지 않으면 애초의 정보가 지워진다는 이론이다. 관계도 마찬가지다. 늘 서로의 존재를 각인시키고 꾸준히 상대방이 내 삶에 중요한 부분을 차지한다는 메시지를 전달해야 한다. 이런 노력이 뒷받침되지 않으면 우리는 상대방의 이상형 목록에서 점차 멀어지게 될 것이다.

언제나 내 편이 되어줄 것 같은 사람이 주위에 넘쳐날수록 행복은 한 걸음 더 가까이 다가온다. 우리를 기쁘고 행복하게 해 주는 관계는 우리 일상 속에서 사이다 같은 청량감을 주고 보석처럼 빛난다. 내 성격, 습관, 일반적인 생각을 살짝 비틀어 보고 내가 먼저 남에게 좋은 사람이 되어주고자 노력하는 것에서 좋은 관계가 시작된다.

‘다름’과 ‘틀림’을 혼동하지 않도록

“어떤 바보도 비판하고 비난하며 불평하고 불만을 늘어놓을 수 있다. 정말로 바보일수록 그렇게 한다. 이해하고 용서하려면 인격과 극기심이 필요한데 바보는 그렇게 할 줄 모르기 때문이다.”

데일 카네기가 쓴 《인간관계론》의 한 대목이다. 즉 논쟁을 끝내고 이성이 돌아왔을 때 후회할 일을 최대한 줄이려면 당장 그 자리에서 맞받아치지 않아야 한다는 것이다. 설사 상대방이 사실이 아닌 것을 말할지라도 말이다. 자신이 틀린 것을 알았더라도 반박을 당한 상대방은 그 순간부터 나에 대한 감정이 변하기 시작한다. 다름 아닌 자존심에 상처를 입었기 때문이다. 처음엔 별것 아닌 일로 시작됐다가 나중에 감정이 폭발하면서 일이 커지는 경우가 얼마나 많던가. 이혼한 부부들에게 물어보면 사이가 벌어진 이유는 대부분 사소한 일에서 시작되었음을 알 수 있다.

의견 차이는 일상생활 속에서 흔히 발생한다. 그런 상황에 놓였을 때 본능적으로 먼저 취하게 되는 반응은 자신을 변호하는 것이다. 이를 경계해야 한다. 설사 겉으로는 고개를 끄덕일지라도 속마음까지 꺾이진 않는다. 나는 누군가의 의견이 틀려서 고쳐주고 싶은 마음이 들 때 숫자를 센다. 마음속으로 열을 세고 난 후 말을 시작하면 일단 나 자신이 안정을 찾게 되고 상대방도 들을 여유가 생긴다.

하지만 사람들은 보통 침묵을 지키며 기다리는 대신 남의 말을 습관적으로 툭 자르고 끼어든다. 이는 휘발유를 몸에 끼얹고 불 속으로 뛰어드는 것과 같다. 자기 생각을 충분히 표현하지도 않았는데 중간에 말을 자르고 반박하는 사람을 좋아하는 사람은 없다. 설령 그 사람의 말이 구구절절 옳더라도 말이다.

상대방이 당신의 면전에서 조목조목 따진다고 해서 곧바로 반박하면 상대방은 자존심에 상처를 입게 된다. "사람을 얻는 것이 천하보다 귀하다."라는 말이 있다. 내가 조금 손해를 볼지라도, 조금 기분이 상하더라도 내 기분보다 중요한 것은 상대의 자존심이라는 의미를 헤아려야 한다. '왜 내가 그 사람한테 맞춰야 해?'라는 생각이 들 수도 있다. 그러나 내 자존심을 완벽히 지키면서 상대방의 마음까지 지켜내는 일은 쉽지 않다. 조지 베일런트는《행복의 조건》에서 "판단을 내려야 하거나 다른 사람과 의견 충돌이 생길 경우, 균형 있는 시각을 갖게 될 때까지 한 발짝 물러서서 기다릴 줄 아는 능력이 지혜다."라고 했다.

사실 감정이 폭발할 지경일 때는 한 템포 늦추라는 말을 떠올릴 겨를조차 없다. 그렇게 때문에 평소에 의식적으로 훈련을 해야 한다. 특히 리더의 경우에는 이것이 더욱더 중요하다. 아무리 백 명의 직원이 콧노래를 부르며 출근했을지라도 리더가 인상을 구기고 앉아 있으면 사무실 분위기는 순식간에 가라앉아버린다. 리더의 표정은 그 어떤 바이러스보다 빨리 전염되는 까닭이다. 아랫사람의 입장에서는 윗사람의 표정과 기분에 신경을 쓸 수밖에 없지 않은가. 그래서 상사의 짜증은 조직을 망하게 한다는 말이 나오는 것이다.

모두가 남보다 하나라도 더 갖겠다고 아우성치는 세상이다 보니 화가 나는 상황은 수없이 발생한다. 참고 기다려줄 만큼 여유가 있는 경우도 많지 않다. 감정을 잘 다스린다면, 이는 전화위복이 되어 당신에게 더욱 좋은 기회를 가져다줄 것이다.

감정을 잘 다스리면 최소한 적은 만들지 않을 수 있다. 일상생활에서 적을 만드는 경우는 대부분 나와 다른 사람이 다를 수 있음을 인정하지 않고, 남에게 잘못된 것이라고 쏘아붙일 때다. "세상에 존재하는 생각의 숫자는 지구촌 총인구의 숫자와 같다."는 말이 있을 정도로 사람들의 생각은 제각각이다. 다른 것은 틀린 게 아님을 기억해야 한다.

만약 누군가와 분쟁이 생겼을 때 반드시 어느 쪽이 먼저 해결 의지를 보여야 한다는 규칙은 없다. 예를 들어 윗사람과 아랫사람 사이에 갈등이 생긴 경우에도 윗사람이 먼저 손을 내밀거나 아랫사람이 먼저 고개를 숙여야 한다는 규칙이 있는 것은 아니다. 나는 해결 의지를 보이며 먼저 나서는 사람에게 박수를 보내고 싶다. 그것이 진정한 용기이기 때문이다. 누군가 먼저 시작하면 분명 생각보다 쉽게 해결된다. 아무리 육중한 자물쇠로 잠긴 거대한 문도 작은 열쇠 하나로 쉽게 열리는 법이다.

세상을 살아가면서 마음에 맞는 사람하고만 산다는 것은 불가능하다. 살다 보면 싫은 사람도, 불편한 사람도 생기기 마련이다. 하지만 이를 전화위복의 기회로 삼아 껄끄럽던 관계를 극복한다면 더욱 끈끈한 우군의 관계로 전환될 수 있는 것이다. 이는 나와 생각이 다른 사람들을 향해 화내고 불평하기보다 그들을 이해하려는 생각의 전환으로부터 시작된다. 다름을 인정하면 그때부터 불편하고 껄끄러운 관계는 서서히 줄어든다. 모두가 생각이 같을 수는 없지 않은가. 만약 모두가 생각이 같다면 세상이 얼마나 밋밋하겠는가?

서로 다르다는 것은 틀린 것이 아니라 오히려 경쟁력이라는 것을 기억해야 한다. 완벽한 사람은 없기 때문에 서로 다른 것이 정상이다. 그래서 서로 돕고 부족한 부분을 채워줄 때 시너지 효과가 난다. '그렇게 생각할 수도 있어'라는 생각으로 서로 다름을 인정하고 이를 잘 수용한다면, 주위에 좋은 사람들이 넘쳐나는 경험을 직접 할 수 있을 것이다.

인간관계를 맺는 데에 반드시 필요한 수단은 없다

바야흐로 메타버스의 시대이다. 스마트 기기의 사용률이 증가하면서 많은 사람들이 메타버스의 시대에 탑승하고 있다. 그와 더불어 인간을 존중하는 정신은 사라져 가고, 그에 대한 염려가 커져 가고 있다. 최근 유명한 대학들의 강의실 풍경을 살펴보면 모두 스마트 기기를 사용하여 강의 내용을 필기하고, 녹음을 하는 경우가 대부분이다. 그러나 학생들을 자세히 관찰하면 오히려 강의가 아닌 다른 유희거리를 하는 경우가 더 많다는 것을 알 수 있다.

스마트 기기 보급이 일반화되면서 잠시도 이 기기들을 손에서 놓지 못하고 수시로 SNS와 메신저를 확인해야 하며, 즉각적으로 튀어 오르는 현상에만 반응하는 '팝콘 브레인 증후군' 현상이 다수에게 발생하고 있다. 이는 코카인을 뜻하는 '크랙crack'과 '블랙베리blackberry'를 합쳐서 '크랙베리 증후군

crackberry syndrome'이라고 부르기도 한다. 요즘은 누구나 스마트폰만 있으면 오랜 시간 혼자서도 잘 놀 수 있다. 스마트 기기가 보급되기 시작하던 시기에는 이처럼 중독 증상을 보이는 것은 사회적인 문제라고 하며 우리 뇌도 '쉼'이 필요하다는 우려의 목소리가 많았었다. 그러나 지난 십 년간 기술이 더 발달하기도 했지만 그것을 활용하는 사람들의 행태도 많이 발전했다. 부작용을 최소화하고 더 유익한 방향을 찾아 가는 모양새다.

또한 개인 여가 생활뿐만 아니라 회사 업무, 개인사, 인간관계도 스마트 기기를 통해 이루어지고 있다. 오늘 나온 스마트폰도 몇 달 지나면 구형으로 전락한다. 그래서 새로운 기술과 기기에 열광한다. 새로운 스마트폰 모델이 출시되면 바로 신상품을 손에 넣기 위해 며칠 밤을 세워 기다리는 모습이 이젠 흔한 풍경이 되었다.

정보의 소통도 활발하다. 베르나르 베르베르는 소설 《기억》에서 재미있는 관점을 소개한다. 프랑스 사람들은 과거에 비해 폭력이나 강력 범죄가 급격히 증가한 것으로 생각하는 경향이 있다고 한다. 그러나 실제로는 살인 범죄 발생율이 지난 20년간 절반으로 감소했다. 정보의 소통이 활발히 이루어지는 시대에 살고 있기 때문에 마치 폭력이 증가한 것처럼 느낀다는 것이다. 이젠 세계 구석구석의 뉴스가 거의 실시간으로 전해진다. 세계 곳곳의 뉴스와 각종 SNS의 소식들이 지금도 머릿속에서 팝콘 터지듯이 튀어 오르고 있다.

현재의 인간관계 또한 신기술의 발달과 밀접한 관련이 있다. 디지털 기술이 발달하고 기기의 교체 주기가 짧아지면서 사람들은 쉽게 싫증을 내고 다른 사람보다 더 빨리 신형 모델을 구매하는 것을 중요하게 여기기도 한다. 관계에 대한 트렌드도 많이 바뀌었다. 인간미 넘치는 사연보다 재미 위주의 에피소드들이 판을 치면서 일회성 관계가 주류로 자리잡고 있다. 사람들은 계속해서 새로움과 재미를 기대하며 새로운 인맥을 찾아 나서고 새로운 만남을 시도한다.

오늘날 SNS를 통해 개인의 인적 네트워크가 전세계로 확대되고 있지만 실제로 소통하는 사람들은 오히려 자신과 친분이 있거나 생각과 성향이 비슷한 사람들로 한정되는 경향이 있다. 페이스북이나 인스타그램에 수천 명의 친구와 팔로워를 가졌어도 정작 속마음을 털어 놓을 친구는 별로 없는 경우가 많다. 누구나 컴퓨터가 갑자기 작동을 멈춰 리셋을 해본 경우가 있을 것이다. 보통의 경우 리셋을 하고 나면 문제가 해결돼 정상적으로 기능이 작동하곤 한다. 컴퓨터나 스마트폰, 게임에 익숙한 요즘 세대가 현실에서도 일이 잘못되거나 실수했을 때, 심지어 관계까지도 리셋하면 그만이라고 생각하는 사회적 병리 현상을 '리셋 증후군Reset syndrome'이라 한다. 네트워킹이 활발해지면서 오히려 인간관계가 파편화되는 경향을 보이는 것이다.

개인적인 성향이 뚜렷한 밀레니얼 세대는 '서로 알아가고 신경 써주면서 시간과 돈과 정신을 낭비하느니 차라리 혼자 편하게 지내는 것이 낫지'라고 생각한다. 그러면서 오늘도 걸리적거리지 않게 온라인에서 '한 번도 만나본 적 없는 친구'들과의 적당한 거리에 만족하며 살아간다. 얼굴도 모르는 사람들과 매일 메신저와 댓글을 통해 소통하면서 더욱 날카롭고, 예민한 성향을 보인다. 자신과 비슷한 생각을 가진 사람, 자신과 코드가 맞는 사람하고만 소통하는 '관계의 편식'이 일반화되어 가고 있다. 이것이 당장은 세상 살아가는 데 별 불편함을 주지 않을 것이고, 이런 관계를 소위 '쿨하다'고 생각하겠지만, 인생은 장기적이고 거시적인 관점으로 바라보아야 한다는 사실을 잊지 말아야 한다.

요즘 같은 시대에 제일 중요하게 떠오르고 있는 것이

바로 '관계 역량'이다. '미래의 자산이 바로 관계의 질이며, 이것이 성공적인 삶의 조건 중 하나로 떠오를 것'이라고 사회 비평가 자크 아탈리는 이야기한 바 있다.

온라인에서 맺은 관계에 대해 회의적인 입장을 지닌 사람들이 많았으나, 최근 이러한 입장을 고수하는 사람은 드물다. 온라인을 통해 관계를 맺고, 안부를 물으며 서로를 위로하고 격려하는 모습을 보면서 인간 관계의 새로운 패턴이 형성되고 있음을 파악할 수 있다. 온라인은 매개체일 뿐, 공감과 경청을 통해 인간 대 인간으로서의 관계를 맺는 것은 동일하다는 것이다. 고로, 중요한 것은 관계를 나누는 방식이 아니라 관계를 대하는 진정성 있는 자세와 삶에 대한 태도이다.

소통하는 방법이 중요한 것이 아니라 온라인이든 오프라인이든 진정성 있는 관계에 마음을 두는 것이 진정한 아날로그 감성이다. SNS에도 '지금 내가 너무 힘드니 당장 만나서 위로해 줄 사람', 혹은 '지금 ○○○에 있는데 번개로 커피 한 잔 같이 하실 분'을 찾으면 적지 않은 수가 찾아와 줄 것이다. AI 시대에 기술이 발달하고 인간 소외 현상이 가속화될수록 오히려 이런 진정성을 나누는 아날로그 관계는 더 빛을 발할 것이다. 디지털 기술을 활용해 아날로그 감성이 더욱 진해지는 것이다. 흔히 말하는 '랜선 친구'도 나의 마음을 잘 이해해줄 수 있다. 줌을 통해서도 얼마든지 친구를 사귈 수 있다. 그것이 '진정한' 아날로그 감성의 힘이다. 그것이 마음이 가진 힘이다.

✵ 눈길 한번, 관심 한번

의외로 SNS에서 만난 친구들이 내 가까운 친구들보다 나에 대해 더 잘 알고 있는 경우가 많다. 오랜 시간 페이스북이나 인스타그램을 통해 일상을 기록하고 댓글로 소통하는 동안 서로의 삶을 거의 매일 실시간으로 들여다 봐왔기 때문이다. 심지어 남편도 기억 못하는 결혼기념일을 랜선 친구들로부터 축하받고 남편은 역시 '남의 편'이라고 하소연하는 사람들도 있다. 생일에는 축하 메시지뿐 아니라 책이나 커피 등 간단한 선물들이 오간다. 다른 사람의 일상에 관심을 많이 가지는 사람일수록 다른 사람으로부터 많은 관심을 받는다. 비록 랜선을 통해서지만 거의 매일 소통하면서 친구들에게 관심을 갖고 관심을 받는 것이 일상이 되고 있어 아침에 눈을 뜨는 동시에 SNS 친구들에게 인사를 하고 일과를 시작하곤 한다.

이처럼 긍정적이고 의미 있는 관계는 공짜로 얻어지지 않는다. 노력을 기울여야 좋은 관계를 맺는 것 또한 가능하다. 상대에게 관심을 갖고 이야기를 잘 들어주면 그 사람이 흥미를 보이는 것이 무엇인지 알아낼 수 있다. 그런 정보를 손에 넣으면 기회는 쉽게 손에 넣을 수 있다.

내가 다국적 기업에 근무할 때의 일이다. 아시아를 총괄하는 CFO가 방문하기로 했는데 그는 매사에 혹독하기로 유명한 임원이었다. 당시 한국의 실적이 별로 좋지 않아 첫날 회의는 예상대로 무거운 분위기에서 흘러갔는데 그날 일정을 마치고 저녁을 먹을 때였다. 싱가폴의 동료로부터 키가 190cm에 육박하는 그가 농구를 좋아한다는 이야기를 들은 것이 생각나 내가 그의 모교인 시라큐스 대학교가 미국 대학 스포츠 협회 농구 리그인 NCAA에서 좋은 성적을 거두고 있는 사실을 언급했다. 그러자 얼굴에 화색이 돌며 자신의 모교 농구팀 자랑을 한참 늘어놓는 것이었다. 한국 사람들도 농구를 좋아하냐고 묻길래 그렇다고 고개를 끄덕였다. 그리곤 그저 지나가는 말로 회사에도 농구 동호회가 있는데 내일이 마침 운동하는 날이니 같이 운동하지 않겠냐고 물었다. 그리고 그는 정말로 운동화를 가지고 와서 업무 후 직원들과 땀을 뻘뻘

흘리며 운동을 했다. 기분 탓일까? 이후 그와 진행했던 회의는 별 어려움 없이 진행된 느낌이었고, 실제로도 그는 한국을 방문하는 것을 기다린다고 발언하기도 했다.

《인간관계론》의 저자 데일 카네기Dale Carnegie는 "사람의 마음을 사로잡는 길은 그 사람이 흥미를 느끼는 일에 관해 이야기하는 것이다."라고 했다. 상대의 관심사에 관심을 보이는 일은 사업적 관계뿐만 아니라 사적인 관계에서 또한 반드시 필요한 덕목 중 하나이다.

우리는 보통 비즈니스 파트너에게는 온갖 일을 신경 쓰면서 인생에 더 많은 영향을 미치는 주위 사람들의 관심사에는 무관심한 경우가 많다. 이것이 잘못된 자세라는 것을 깨달은 후에는 이미 늦어 후회를 하곤 한다. 상대가 좋아하고 마음을 쏟는 일에 관심을 기울이면 상대를 더욱 잘 이해할 수 있다. 이것이 습관이 되면 사업 파트너는 물론, 인생의 동반자라고 할 수 있는 친구가 많아졌다는 사실을 느낄 수 있을 것이다.

사람들은 자신이 알고 있는 자신의 모습을 상대가 알아줄 때 마음이 움직인다. 이것을 '자기 입증Self-Verification 효과'라고 한다. 자신의 장점을 남이 알아봐 주면 그렇게 기분이 좋을 수가 없다. 자신의 어려움을 남이 헤아려 주는 것도 마찬가지다. 외국계 화장품 회사에서 마케팅을 담당하던 직원이 남편과 이혼하려고 마음먹고 소송을 준비 중이었다. 회사 일도 손에 잡히지 않아 실수도 잦고, 음식도 잘 먹지 못해 몸도 많이 약해져 있었다. 그때 회사 내에서도 유리 천장을 뚫고 임원이 된 것으로 유명한 임원이 어떻게 알았는지 자신을 따로 불러 상담도 해주고 조언을 아끼지 않으며 업무 강도를 조절해 줄 정도로 배려를 해 주었다는 것이다. 나중에 그 임원에게 감사의 마음을 전하니 이렇게 대답했다고 한다. "마음에 상처가 있는 사람은 귀신 같이 서로를 알아보는 법이야."

상대에게 관심을 가지려면 두 가지를 조심해야 한다. 첫째는 상대를 인정하고 존중하는 마음이 필요하다는 것, 둘째는 너무 깊은 관심은 오히려 독이 될 수도 있다는 것이다. 강조하지만 타인의 삶에 무턱대고 뛰어들라는 것이 아니라 내 역할이 필요할 때 멋지게 등장하라는 것이다. 위에서 언급한 두 가지를 조심하며 타인의 삶에 관심을 가지고, 관계를 맺는 것이 필요하다. 당신도 잘 생각해 보기를 바란다. 우리도 누군가의 따스한 시선과 관심으로 이렇게 삶을 영위하고 있는 것일지도 모른다는 사실을 말이다.

악수는 강렬한 교감의 기회다

업무를 하다 보면 악수를 통해 상호 교감을 하거나 기선 제압 또한 가능하다. 짧은 악수를 통해 어느 정도 메시지를 전달하려면 힘을 좀 주고 서너 번은 아래위로 흔들어야 한다. 어떤 사람과 악수를 할 때 그 사람이 내 손을 너무 세게 쥐는 바람에 다친 손이 아파 소리를 지른 적이 있었다. 이처럼 지나칠 정도로 손을 세게 잡으면 상대방에게 불쾌감을 줄 수도 있다. 또한 연배가 훨씬 높거나 직급이 높은 사람에게, 남성이 여성에게 먼저 악수를 청하는 것은 실례다. 이런 경우는 우선 상대방이 먼저 악수를 청할 때까지 기다리는 것이 좋다. 그리고 악수를 할 때 상대방이 손을 쥐는 강도에 맞춰야 한다.

일주일에 한 번은 꼭 참석하는 모임이 있었다. 참석자는 약 100명 정도였는데 그 모임에 참석할 때마다 약 30명 정도와 악수를 했다. 모임이 끝나면 회장, 총무 등 간부들이 출구에 서서 퇴장하는 모든 사람과 악수를 나눈다. 악수라는 것은 짧지만 강한 교감의 기회이다. 그러나 그 모임의 총무는 마치 컨베이어벨트의 상품처럼 기계적으로 악수를 하는 것처럼 보였다. 물론 그 사람은 많은 사람과 악수를 해야 하기 때문에 서두른 것일지도 모른다. 그러나 나는 악수를 통해 전혀 그 사람과 교감을 나누지 못했다는 불쾌감이 스멀스멀 올라왔다. 일부러 많은 사람을 찾아다니며 만나기는 어렵다. 그러므로 그런 자리에서 악수를 나누는 동안, 짧지만 강렬한 교감을 나눌 필요가 있다. 악수를 하면서 적지 않은 메시지를 전달할 수 있기 때문이다. 악수를 잘하면 말하지 않아도 충분히 유쾌한 느낌을 줄 수 있지만 형식적으로 임하면 그 기회를 놓치게 된다. 교감을 나눌 수 있는 좋은 기회를 그저 자신의 손바닥 피부와 상대방의 손바닥 피부가 서로 건조하게 마찰하는 정도로 전락시키는 셈이다.

미래의 트렌드를 상징하는 키워드 중에 H.U.G.라는 말이 있다. H(Humanity)는 인간성이나 인간의 본성을, U(Universalism)는 모든 사람에게 공통적으로 적용될 수 있는 보편성을, 그리고 G(Green)는 환경을 상징한다. 각각의 의미도 중요하지만 이 약자를 모은 H.U.G 자체에 담긴 '껴안기, 포옹'의 뜻도 매우 중요하다. 이는 개인화와 인간 소외를 방지하기 위해 스킨십을 적절히 활용해야 한다는 의미다.

십여 년째 늘 책을 쓰는 나는 일년에 한두 번 정도 오랜 시간 동안 관계를 맺어온 독자들과 북토크 형식의 만남을 가진다. 이 모임은 작가와 독자의 일방적인 강연 형식이 아니라 참석자들끼리도 서로 교감을 할 수 있도록 진행한다. 그래서 나 때문에 만난 사람들이지만 나중에는 나 빼고 참석자들끼리 언니, 동생하고 부르면서 따로 만남을 갖기도 하며 친분을 쌓는다. 이 모임 멤버들은 오랜 시간동안 교감을 나눈 사이라 반날 때나 헤어질 때 스스럼없이 서로 가볍게 포옹을 하며 서로의 삶을 격려한다. 그리고 이 가벼운 포옹이 친밀감을 더 상승시키는 것은 두말할 필요가 없다.

한국인은 특히 스킨십에 익숙하지 않다. 내 경우만 해도 처음으로 다른 사람과 정식으로 포옹을 해본 것이 20대 후반이다. 그것도 하루에 두 번이나! 다국적 기업 입사 이후 미국 위스콘신으로 교육을 받으러 갔는데 전체 과정을 코디하는 담당자가 나를 보자 멀리서 와줘서 고맙다고 포옹을 하는 것이었다. 나는 어색함에 어찌할 줄 몰랐지만 그 따스했던 감촉이 아직도 생생하다. 또 그날 저녁에는 고등학교를 졸업하고 미국으로 이민 간 친구와 연락이 닿았다. 시카고에 있던 그는 내가 근처에 와있다는 말을 듣고 만사를 제쳐 놓고 내가 머물던 밀워키 교외까지 한걸음에 달려왔다. 무려 10년이 다 되어 만난 친구는 자동차 시동도 끄지 않고 내 숙소로 뛰어들더니 나를 보자 마자 눈물을 글썽이며 덥석 끌어안았다. 나는 아직도 그때의 느낌을 잊지 못한다. 고된 이민 생활과 고국에 대한 사무치는 그리움이 그대로 전해졌기 때문이다. 나도 그 친구를 그렇게 한참 동안 안은 채로 등을 쓰다듬어 주었다.

비록 회색 콘크리트 숲과 자욱한 매연 속에서 하루하루를 전쟁처럼 살아가지만, 잠깐이라도 사람들과 마음을 나눌 수 있는 시간을 갖는 것이 어떨까? 우리가 준비되어 있다면, 늘 마주하는 사람들에게 관심이 있다면 아스팔트 위의 악수를 통해서도 얼마든지 마음을 전할 수 있다. 우리가 만나는 사람들은 모두 서로 마음을 나눌 대상들이다. 이런 까닭에 나는 하루에도 몇 번씩 나누게 되는 악수를 가볍게 넘겨버릴 수가 없다.

이름을 불러주면 젖소도 기뻐한다

다른 사람의 이름을 기억해 불러 주면 의외로 큰 효과를 얻을 수 있다. 나는 그 효과를 이미 학창 시절에 깨달았다. 과목 선생님이 수업 시간에 내 이름을 불러 주면, 괜히 선생님께 더 친근감이 느껴지고 그 과목도 재미있게 느껴져 공부를 더 열심히 했던 기억이 있다.

이름을 불러 주는 것은 관심, 기대, 주목을 상징한다. 이런 까닭에 이름을 불러 주는 순간 묘한 마술이 시작된다. 음식점에서 직원의 명찰을 보고 '○○○씨'라고 이름을 불러 주면 하다못해 반찬이라도 하나 더 가져다 준다. 또한 패밀리 레스토랑이나 커피 전문점 등에서는 영문 이름이나 별명을 명찰로 달고 다니는 경우가 많다. 그 뜻이나 이유를 물어보고 그 이름을 부르면 자연스럽게 대화를 나눌 수 있고 기분 좋은 분위기 속에서 식사도 하고 커피도 마실 수 있다.

나는 직장 생활을 하면서 강의를 많이 했다. 아예 회사를 그만두고 전문 강사 생활을 한 적도 있었다. 나는 강의 때마다 미리 참석자들의 이름을 몇 명 외워 둔다. 열 명 정도의 이름과 직급, 부서 등을 외워 놓고 담당 업무까지 간략하게 숙지해 둔다.

강의를 진행하면서 효과를 극대화하거나 참석자들의 흥미를 유발하는 방법은 매우 많다. 하지만 효과 면에서 참석자들의 이름을 불러주는 것에 견줄 만한 것은 없다. 강의 도중에 "○○○ 대리님께서는 어떻게 생각하시죠?"라고 하면 그 사람은 '어? 어떻게 내 이름을 알았지?'하며 의자를 바싹 당겨 앉는다. 그리고 시종일관 눈을 맞추며 강의에 집중한다. 그렇게 몇 명의 이름을 부르고 나면 다른 참석자들은 "와, 벌써 우리 이름을 다 외웠네."라고 놀라움을 표시한다. 은근히 자신의 이름도 불리지 않을까 기대하면서 말이다. 마침 이름을 외우고 있는 참석자가 질문했을 때 "○○○ 과장님이 지금 참 좋은 질문을 해주셨는데요."라고 할 수 있으면 그야말로 최고의 효과를 거둘 수 있다.

이름을 잘 외워 활용하는 것은 단순히 처세를 위한 얄팍한 기술이 아니라 꼭 필요한 덕목이다. 위대한 리더들은 거의 예외 없이 아랫사람의 이름을 외우는데 재능을 보였다. 이순신 장군의 《난중일기》를 살펴보면 부하들은 물론이고 심지어 많은 수의 노비들 이름이 나온다. 하다못해 젖소도 이름을 지어 불러 주면 우유를 더 많이 생산한다고 한다. 실제로 이 연구는 2009년 노벨상을 패러디한 이그노벨상Ig Nobel에서 수의학상을 수상하기도 했다. 그만큼 누구나 자신의 이름이 들리면 민감도가 높아지고 반응을 더 빠르게, 잘하기 때문이다. 반응을 끌어낼 수 있다는 사실 하나만으로도 호명할 충분한 이유가 되지 않겠는가?

하지만 이름을 외우고 부르는 습관을 들이는 것은 그리 쉽지 않다. 무엇보다 사람들에게 관심을 기울이는 습관을 가져야 하기 때문이다. 자기 한 몸 건사하기도 힘든 세상인데 남에게 관심을 보이기가 어디 쉽던가. 아이러니하게도 이러한 세상이라서 오히려 이름을 불러 주는 것이 더 큰 위력을 발휘한다.

그러나 이름을 불러 줄 때는 호칭 사용에 주의를 기울여야 한다. 직급은 가능하면 정확히 부르는 것이 좋다. 만약 현재의 직급을 모른다면 자신이 알고 있는 직급에서 한두 단계 높여 부르는 것이 좋다. 몇 해 전에 과장이었던 사람을 만난다면 차장님, 혹은 부장님이라고 부르는 것이다. 내가 지금 부장이 되었는데 아직도 과장이라 불리면 기분이 좋을 리 없다. 아직 차장인 사람에게 부장이라고 불러 주면 "아냐아냐, 난 아직 차장이야."라고 손사래를 치지만 기분은 그리 나쁘지 않다. 이런 까닭에 호칭을 '코찡'이라는 말로 표현하기도 한다. 상대가 코가 찡해지는 감동을 받을 수 있게 상대를 높여 부르라는 것이다. 이름을 부르는 소소한 실천을 통해 작은 관심을 받는다면, 상대에게 기분 좋은 일상을 선물할 수 있다.

조금만 관심을 기울이면

당신은 이메일 주소에 대해서 생각해 본 적이 있는가? 명함에 사용하는 공적인 이메일 아이디는 이름의 이니셜이나 생년월일 등을 사용하는 경우가 많지만 개인 메일에는 개인의 고유한 특징, 좋아하는 상징, 에피소드 등이 담겨 있는 경우가 많아 그 의미를 유추해 보면 아주 흥미로운 사실을 발견할 수 있다. 또한 다음에 만났을 때 이메일 아이디에 대해 물어보면 화기애애한 분위기로 대화를 이끌어갈 수 있다.

상대를 만났을 때 이메일 아이디를 기억해서 언급하면 상대에게 적지 않은 관심이 있음을 표명하는 셈이다. 덕분에 서로의 서먹함을 없애는 데 아주 효과적이다. 더구나 그 의미를 물어보다 보면 공감대가 형성되기도 하는 까닭에 마음의 벽이 사르르 녹아 대화를 이어 가기에 유리하다.

요즘 아이디를 가장 많이 사용하는 곳은 SNS다. 페이스북은 본명을 주로 사용하지만 인스타그램은 거의 아이디를 쓴다. 내 인스타그램 아이디는 'tim239jh'다. 'tim'은 내 영어 이름이고, '239'는 군복무를 했던 포병부대 고유 번호이며, 'jh'는 이름의 이니셜이다. 이처럼 이메일 아이디 혹은 SNS 아이디만 살펴보더라도 그 사람에 대해 관심이 있다는 사실을 표명할 수 있다.

참고로 상대의 이름을 기억하는 것이 가장 좋은 방법이나 이름을 외우는 일은 생각보다 어렵다. 이때 상대의 아이디를 기억해 주는 것은 대인 관계에 큰 도움을 준다. 이 사실을 알게 된 순간부터 나는 새로운 습관이 생겼다. 내가 속한 모든 그룹에서 인스타그램이나 이메일의 아이디 외우기를 활용해 본 것이다. 그 결과는 어땠을까? 대부분 매우 긍정적이었다. 사람들은 대개 자신을 기억해 주는 것에 고마워하고 놀라워 했다. 그 작은 노력이 나와 주위 사람들을 더욱 촘촘하게 엮어주는 가교 역할을 하는 것이었다.

새로운 환경은 언제나 도전의 기회를 제공한다. 그걸 무심코 넘겨버리면 과거의 나와 현재의 나는 달라질 것이 없지만, 도전을 하겠다고 결심하는 순간 나는 과거의 '나'가 아니다. 사람들은 흔히 이 시대의 화두는 '변화'라고 한다. 누구나 변해야 산다는 말을 입에 달고 산다. 하지만 내가 볼 때 우리가 화두로 삼아야 할 것은 오히려 '관심'이다.

갈수록 군중 속의 고독이 심화되는 동시에 다른 한편으로는 방해받기 싫어 집에 콕 틀어박히는 집콕족이 늘고 있다. '남과 함께' 부대끼며 이것저것 신경 쓰며 사느니 '나 홀로' 사는 것을 더 편안하게 생각하는 사람들이 늘고 있는 것이다. 그러나 이러한 상황이 바로 오히려 서로에 대한 관심이 필요한 시대라는 반증이라는 생각이 든다. 아무리 개성과 자유가 중요한 시대라고 하지만 인간은 기본적으로 외로움을 좋아하지 않는다. 혼사 있는 것 같지만 그 어느 때보다 랜선으로 많은 사람들과 소통하고 있다. 이메일 주소나 인스타그램 아이디를 기억하는 것이 중요한 이유가 여기에 있다.

아이디를 기억하는 목적은 단순히 사람들에게 더 좋은 인상을 남기는 데 있지 않다. 그것을 넘어서서 아이디 외우기를 습관화하면 축약된 문자로 자신을 표현하는 사람들의 습성과 성향까지 읽을 수 있게 된다. 이는 별다른 노력을 필요로 하지 않는 작은 습관이지만, 의외로 사람을 얻는 강력한 방법이기도 하다. 자신에게 관심을 보여주는 사람에게는 본능적으로 주의를 기울이게 되는 법이니까 말이다.

✷ 추억을 함께 만들고 있는 '깐부'들

누군가와 시간을 함께 보낸다는 것은 우리가 생각하는 것보다 훨씬 의미 있고 특별한 관계임을 역설한다. 전 세계 인구가 77억 명인 것을 고려하면 평생 옷깃 한 번이라도 스치는 것조차 큰 인연이라고 할 수 있다. 그러니 같은 학교, 같은 직장에서 만나 오랜 시간 부대끼는 것은 보통 인연이 아닌 셈이다.

그런데 시장조사업체 이지 서베이에서 직장인 823명을 대상으로 조사한 결과를 보면 직장 생활에서 가장 힘들게 느껴지는 스트레스 요인이 무엇인지에 대한 질문의 답으로 전체의 43.7%가 '상사나 동료와의 인간관계로 인한 스트레스'를 꼽았다. 사실 직장에서 함께 생활하는 직장 동료들은 당신의 생각보다 인생에서 중요한 사람들이다. 가족보다 더 많은 시간을 함께 보내는 사람들 아닌가. 인생에서 아주 중요하고 의미 있는 관계가 아니면 그토록 오랜 시간을 함께 보내긴 어렵다.

삶에 지치고 치이다 보면 나와 긴밀한 관계를 맺은 친구들이 생각나기 마련이다. 이들과의 만남을 기대하고, 설레며 좋지 않은 기억까지도 미화되어 그리워지곤 한다. 그러나 사실 과거를 돌아보는 것보다 더 중요한 건 현재를 살피는 것이다. 미래의 어느 시점에서 지금을 떠올릴 때 후회와 회한을 남기지 않으려면 지금 내 곁에 있는 사람에게 충실해야 한다. 비슷한 스트레스의 바다에 빠져 함께 허우적대는 지금의 직장 동료들에게 손을 내밀어 보자. 지나고 돌이켜보면 모두 내 아름다운 추억으로 남을 것이다. 또한 잊지 말아야 할 것은 그들도 나만큼 힘든 시간들을 보내고 있다는 사실이다. 직장생활은 위기의 연속이고 힘든 일은 계속 찾아온다. 그 어려운 시절을 함께 보낸다는 것은 큰 의미가 있다.

타인과 친밀해지기 위한 가장 좋은 방법은 힘들고 어려운 상황을 함께 겪는 것이다. 서로 의지하고 힘을 합쳐 어려움을 헤쳐나가다 보면 어느새 사이가 가까워진다. 나의 매력에 퐁당 빠지진 않더라도 적어도 가슴이 뛰고 맥박이 빨라지는 순간에 함께했다는 것만으로도 상대방에게 오래도록 애틋한 기억으로 남을 것이다.

지금 당신의 주위에 힘든 상황을 겪고 있는 친구가 있는가? 말 못할 고민거리로 끙끙대며 아파하고 있는 사람이 있는가? 그렇다면 이 기회를 놓치지 마라. 평생 함께할 좋은 친구를 사귈 절호의 기회다.

한 글로벌 기업의 한국 지사에 근무했던 한 유럽 출신 CEO는 뭉치기를 좋아하는 한국인의 모습에 깜짝 놀랐다고 한다. 명절이 되면 가족과 친척을 만나기 위해 어김 없이 고향으로 향하는 모습은 그에게는 진풍경이었다. 연말 모임은 더 놀랍다고 한다. 하루걸러 한 번씩 송년회 명목의 모임에 참석하는 우리네 정서가 정말이지 희한했던 모양이다. 한국인들은 모두 네트워킹의 귀재라고 했다.

한국인의 이런 정서는 직장에도 그대로 반영된다. 세계 각국에서 일한 경험이 있는 그는 일터에서 직원들 간의 유대감은 한국이 세계 최고 수준이라고 평한다. 하루 일과가 끝나면 유럽의 직장인은 대개 각자 개인적인 공간으로 흩어진다. 그러니 소주와 삼겹살, 맥주와 골뱅이, 파전과 막걸리 등 먹거리를 앞에 놓고 옹기종기 모여 앉아 회포를 푸는 모습이 낯설 수밖에. 휴일에 직장 동료를 만난다는 개념 자체가 생소한 그에게 주말에 함께 골프도 치고 가족까지 동반해 함께 산에 오르는 한국인의 정서는 분명 남다르게 보일 것이다.

직장을 '제2의 가정'이라고 생각하면 함께 근무하는 동료는 당연히 특별한 의미로 다가온다. 인생에서 적지 않은 시간을 함께 보내는 그들을 '가족'처럼 여기면 우리는 일상의 가장 많은 시간을 가족과 함께 보내는 것이라고 할 수 있다. 학창 시절의 친구들은 3년 혹은 4년을 함께 보냈는데도 그리 애틋한데 직장은 그보다 더 많은 시간을 함께 보내는데도 감흥이 없는 경우가 대부분이다. 만약 우리가 조금만 생각을 달리한다면 직장 '가족'들을 너욱 친밀하게 대하고, 인정 넘치는 공간으로 만드는 것도 생각보다 쉬운 일일지도 모른다.

기억을 함께 공유한다는 것은 관계에서 큰 힘을 발휘한다. 그것은 과거에 자신이 상대방에게 큰 비중을 차지했었다는 증거임과 동시에, 함께 같은 시간과 공간을 지나왔다는 동질감을 안겨준다. 공유하는 기억이 많으면 아무리 오랜 시간이 흐른 후에 만나도 화기애애하게 대화할 수 있다.

지금 생각하면 말도 안 되는 실수를 저질러 전 부서원을 곤경에 빠뜨렸던 어느 선배 이야기, 회사가 어려워져 본의 아니게 구조 조정의 칼날에 휘둘려야 했던 힘든 시절, 어려운 상황을 극복하고 최고의 실적을 거뒀던 일 등을 쏟아 놓으며 웃고 떠들다 보면 그야말로 눈물이 찔끔 나올 정도로 그 시절이 그리워진다. 그리고 그 시간들을 함께 겪어내고 추억을 공유한 선배, 동료, 후배가 더욱 소중하게 느껴진다. 당시엔 몰랐지만 노동력을 제공하고 그 대가로 급여를 받는 것 이상으로 우리는 함께 시간을 보내며 살냄새, 땀 냄새 배인 추억을 쌓아 올린 셈이다. 그때의 내가 있었기에 오늘의 내가 있는 게 아닌가. 그런 생각을 하면 그들이 더욱 소중하게 느껴진다.

함께 공유할 기억이 있는 사람들을 만나면 괜히 '내 편'을 만난 것 같다. 그런 사람들은 요즘 유행하는 '깐부'처럼 느껴진다. 그래서 편하고 즐거운 것인지도 모르겠다. 나와 함께 기억을 공유한다는 동지 의식을 통해 유대감이 더욱 강화되기 때문이다. '깐부'가 많을수록 더 즐거운 인생이 된다. 그것이 지금 나와 관계를 맺는 모든 사람에게 보다 충실해야 하는 이유다. 우리는 지금 훗날 함께 웃으며 이야기할 추억을 만들고 있는 중이다.

✷ 팬데믹이 엔데믹이 되기까지

2019년 말 코비드-19로 인해 갑작스레 찾아온 세상은 말 그대로 패닉panic이었다. 수많은 사람이 사망했고 기하급수적으로 환자가 증가했으며 지구상의 모든 이의 삶을 송두리째 흔들었다. 살아남기 위해 잠자는 시간을 빼고는 마스크를 쓰고 지내야 했고, 내 소중한 사람들을 지키기 위해 어쩔 수 없이 '사회적 거리두기'를 해야 하는 상황이 도래했다. 출퇴근을 위해 통과해야 하는 지하철 환승역에서도 서로 먼저 가려고 어깨 싸움을 하기 보다 열차를 하나 놓쳐도 사람들이 붐비지 않을 때에 지나가기 위해 저만치 서 있다가 한가해지면 그제서야 걸음을 옮기는 것이 일상이 되었다.

타인과의 대면 접촉을 줄인다는 의미의 '언택트untact'라는 말이 나오기 시작하더니 이제는 일상이자 문화가 되어버렸다. 수시 채용과 AI 면접이 대세가 되었고, 언택트 채용,

화상 면접, 온라인 인적성 검사, 랜선 채용 박람회 등이 일반화되고, 학생들의 수업조차 온라인으로 진행하는 실정이다. 전에는 들어보지도 못한 개념들이 불과 1년도 지나지 않은 시간 동안 굳건히 자리 잡았고, 인간은 힘든 상황에 적응해 가며 새로운 방식의 관계를 형성하고, 발전시켰다.

전염병의 공포로 처음에는 거리두기에 집중했었지만 이것이 장기화되면서 일상을 꾸려가야 하는 어려움에 직면하게 되었다. 그렇게 비대면 상태를 유지하면서 만남이나 행사, 공연 등을 온라인으로 진행하는 '온택트ontact'라는 개념이 탄생했다.

그중에서도 가장 큰 변화는 일하는 방식의 변화일 것이다. 바이러스로 인해 상당수 직장인은 강제로 비대면 업무 환경에 적응해야만 했다. 일부에서만 실시하던 재택 근무가 보편화되었다. 이젠 침대에서 일어나 바로 옆의 책상으로 출근하는 시대다. 특별한 이벤트로 실시하던 화상 회의는 줌, 구글 미트 등의 어플리케이션을 통해 일상화되었다. 직원 상당수가 재택 근무를 하는 만큼 자연스럽게 송년회나 회식도 온라인으로 진행하는 기업들이 많아졌다.

갑작스레 닥친 언택트한 세상에서 관계의 단절이 아닌

오히려 새로운 형태의 관계가 발생했다. 진흙에서도 꽃이 피듯, 사막에서도 싹이 돋아나듯 새로운 방식의 소통 방식이 고개를 내밀었다. 아무래도 꼭 필요한 사람들과의 커뮤니케이션에 집중하게 되니 형식적이었거나 그다지 필요가 없던 사이는 자연스레 정리되고, 그동안 소원했던 가족과 가까운 친구 등 소수의 친밀한 관계에 집중하는 경향이 나타났다. 접촉을 줄이고 접속은 늘린다는 개념으로 연결되는 타인을 좀 더 세심하게 선별하는 의미의 이른바 '딥택트deeptact'시대가 펼쳐지고 있는 것이다.

서울대학교 행복연구센터장이자 심리학과 교수를 역임 중인 최인철 교수는 2017년과 2020년 사람들이 느끼는 행복을 비교해 본 결과 실제로 친밀한 사람들과 있을 때 그것이 행복에 미치는 효과가 매우 크게 증가한 것으로 나타났다고 발표했다. 최 교수는 '코로나19를 계기로 행복에 별로 도움이 되지 않는 불필요한 접촉은 줄어들고, 사람들의 행복에 진짜 도움이 되는 친밀한 관계에 대해 돌아볼 시간이 생긴 것'이라고 진단했다.*

---

* 동아일보, 2020년 8월8일 토요일, 코로나가 바꾼 세상, 언택트-딥택트의 세계로

특히 가정에서의 변화가 가장 두드러진다. 각자가 바쁘게 생활하느라 서로 대화나 식사는커녕 얼굴도 제대로 보지 못하던 가족들이 좋든 싫든 함께 더 많은 시간을 함께 보내기 되었다. 처음에는 어색하고 다툼도 많아 또 다른 사회문제가 야기되는 것처럼 보였지만 이내 서로 취미를 공유하고 함께 시간을 보내는 방법을 개발하는 등 나름의 질서와 규칙들이 생기기 시작했다. 점차 대화의 물꼬가 터진 것이다. 코비드-19 이전에는 기대하기 어려운 일이었다.

김난도 교수가 이끄는 서울대 소비 트렌드 분석 센터에서는《트렌트코리아 2021》에서 2021년에 유행할 소비 트렌드 키워드 중 가장 마지막으로 'Ontact', 'Untact', 'With a Human Touch'를 꼽았다. 코비드-19로 인해 언택트가 지금은 조명을 받지만 기술이 지향하고 사회가 나아가야 할 방향은 인간과의 단절이나 대체가 아니라 인간적 접촉을 보완해주는 역할이어야 한다는 점을 더 분명히 했다. 역병이 창궐하고, 첨단 기술은 빛의 속도로 앞서 나가며, 트렌드는 숨가쁘게 바뀌는 어려운 시대지만 이 변화의 거센 물결에서 살아남기 위해 가장 중요한 것은 '진실이 담긴 인간의 손길', 즉 휴먼 터치라는 것이다. 기술 저 너머에는 항상 인간의 마음이 자리잡고 있어야 한다는 의미이다.

한편 비대면 중심의 관계로 사회가 재편되면서 고립감이 더 커지고 우울감도 증가하는 부정적인 면도 있다. 실제로 2020년 자살률은 큰 폭으로 증가했다고 한다. 그럴수록 가족이나 친구처럼 가까운 사람들과 교류하는 딥택트는 더 큰 의미를 지닌다. 자연스럽게 낯선 이들에 대한 거부감이 늘어날 때 상대적으로 안전하다고 느끼는 가까운 관계에서 편안함과 행복함을 느끼게 된다. 그러나 딥택트도 코비드-19라는 전염병 때문에 생겨난 현상으로 일반적인 형태가 아니라 일상으로 복귀하기 위한 준비 단계라는 것을 항상 인지하고 있어야 한다.

지금과 같은 상황은 언젠가 반드시 끝이 날 것이다. 그러면 우리는 다시 일상으로 복귀할 것이다. 과거의 생활로 돌아갈 부분도 있을 것이고, 이미 너무 익숙해져 돌아가기 어려운 부분도 있을 것이다. 죽은 가지처럼 우리 인생에서 에너지만 많이 소비되던 관계들은 상당 부분 정리될 것이고 가족, 친구 등 인생에 가장 중요한 부분을 차지하는 사람들과의 관계에 더 집중하게 될 것이다. 환경에 맞게 그 모습이 조금은 변하더라도 어떤 형태로는 인간들의 관계 맺기는 계속될 것이고, 이후로 그 중요성은 오히려 더 증가될 것이다.

바야흐로 '거리 두기'의 시대

유독 인간관계를 힘들어하는 사람들이 있다. 혼자 일하고, 혼자 밥 먹고, 혼자 지내도 외롭지 않거니와 불편함이 없다. 오히려 다른 사람들과 함께 지내는 것이 여러모로 신경 쓸 일이 많아 불편하다. 심지어 언택트 시대를 맞아 업무도 집에서 하는 경우도 증가하여 이런 경향이 가속화되고 있다. 그래도 인간은 사회적 동물이다. 혼자 있는 것이 당장은 편해도 사람은 혼자서 살아갈 수는 없다. 이럴 때 '약간의 거리두기'가 지혜로운 해결책이 될 수 있다.

과거 친한 사이라 하면, 함께 술도 마시고, 어깨동무하고 노래도 부르고 해야 했지만, 요즘은 그런 관계를 부담스러워하는 사람들이 늘어나고 있다. 일전에 모임에서 만난 분이 내 고등학교 선배인 걸 알게 된 적이 있다. 그 분이 내가 후배라는 것을 알고서는 갑작스럽게 무례한 태도를 취하는 바람에 그 후로 연락을 끊은 적이 있다. 이는 가까운 사이에도 필요한 예절이 존재한다는 사실을 몰랐기 때문에 일어난 일이라고 할 수 있다.

최근 코비드-19로 인해 '사회적 거리두기'가 일상화되면서 '거리두기'란 단어에 익숙해졌다. 이처럼 사회생활을 위한 관계에서도 일정한 거리두기가 필요하다.

소노 아야코는《약간의 거리를 둔다》라는 수필집에서 거리두기의 필요성에 대해 이렇게 강조한다. "거리라는 것이 얼마나 위대한 의미를 갖는지 사람들은 잘 모른다. 사람들은 떨어져 있을 때 우리는 상처받지 않는다. 이것은 엄청난 마법이며 동시에 훌륭한 해결책이다. 다른 사람도 그런지는 모르겠다. 내 경우엔 조금 거리를 두고 떨어져 있으면 세월과 더불어 그에게 품었던 나쁜 생각들, 감정들이 소멸되고 오히려 내가 그를 그리워하는 건 아닌가, 궁금함이 밀려온다."

한국 사람들은 얼굴만 익히면 바로 호구 조사에 들어간다. 어떻게든 나와의 연관성을 찾아 친밀감을 표현한다. 그러면서 특별한 관계가 되었다는 착각을 하곤 한다. 그러나 집을 지을 때 바람이 통하는 길을 고려하듯이 사람과의 관계에서도 약간의 거리를 둬 통풍이 가능하도록 해야 한다.

인간관계가 힘든 사람에게 가장 강조하고 싶은 것이 바로 거리두기다. 관계라는 것은 난로와 같아서 아무리 따뜻해도 적당한 거리를 유지하지 않고 덥석 안아버리거나 너무 가까이 두게 되면 화상을 입게 된다. 모든 사람과 친하게 지내려 하거나 모든 사람에게 인정을 받고 싶은 마음은 빨리 포기하는 게 좋다. 여기서 중요한 것은 거리두기는 가까운 사이에서 더욱 필요하다는 사실이다. 나와 상대 사이의 간격은 서로를 더 잘 파악하기 위해 필요한 약간의 거리인 것이다.

최근 밀레니얼 세대가 경제 활동의 주류로 부상하고 있다. MZ세대(1980년대 초 ~ 2000대 초 출생자)는 국내 인구의 34%(약 1700만명)을 구성하고 있고, 직장인의 60%를 차지하는 것으로 추산된다. 이 세대의 인간관계에 대한 개념은 윗세대와 확연한 차이를 보인다. 특히 직장 동료는 직장 동료일 뿐, 그 이상의 인간관계는 기대하지 않는다. 오히려 SNS를 통해 타회사 직원들과 연대하는 일에 더 익숙하다. 필요할 때만 뽑아 쓰는 티슈 같은 일회성 관계를 '티슈 인맥'이라고 하는데, 밀레니얼 세대의 인간관계가 이와 유사하다. 같은 취미와 관심사를 공유하는 것이야말로 나와 친밀한 사이가 될 수 있다고 생각하는 것이다.

그러나 사회생활을 하다 보면 아주 가까운 사이보다 비교적 친밀도가 낮은 사람에게 우연히 도움을 받는 경우가 더 많다. 미국 경제 사회학자이자 스탠퍼드 대학의 사회학자 마크 그래노베터Mark Granovetter 교수는 《약한 연결의 힘Strengh of Weak Ties》이라는 논문을 발표한 적이 있는데 결론은 친한 친구, 가족 등 가까운 관계보다 유대가 약한 사람들에게 실질적인 도움을 받는 경우가 더 많다는 것이었다. 유대가 약하게 알고 지내는 사람은 나와 생활 반경이 다르다. 다른 환경에서 다른 정보를 접하기 때문에 새로운 기회를 줄 가능성이 크다는 것이다. 마크 그래노베터 교수는 이직한 사람들이 어떤 경로로 새로운 직장을 구했는지 연구했다. 그 결과 소개 받은 사람 중 16.7%만이 친한 사람을 통했고 나머지 83.3%는 가끔 만나거나 아는 사람 정도의 인맥을 통해 취업이 이루어졌다고 한다. 이는 친밀한 사람들 간에는 사회적 네트워크가 중복되기 때문이지만 더 중요한 이유가 있다. 친한 사람의 수보다 약한 연결의 사람들 수가 압도적으로 많기 때문이다.

누구나 살다 보면 남의 도움을 받아야 할 때가 있다. 가까운 지인에게 부탁해서 도움을 받을 수 있지만 대부분 돌

파구를 제공하는 사람은 그저 '아는 사람'일 확률이 높다는 의미다. 일정한 거리두기는 세상과 단절되거나 자신의 곁을 잘 내어주지 않는 까칠한 이들을 위한 방편이 아니라 오히려 세상 사는 지혜일 수 있는 것이다.

현대인은 자의 반, 타의 반으로 외롭게 살아간다. 사람들과 부대끼는 것은 싫지만, 외로운 것도 싫다. 그래서 나를 덜 노출하면서 사람들과 편안하게 소통할 방법을 찾는다. 과거에는 관계는 무조건 아날로그적이어야 한다고 생각했지만 오랜 시간 랜선 친구들과 교류하면서 내 생각은 완전히 바뀌었다. 이처럼 친밀한 랜선 친구들이 많이 생긴 비결은 바로 오랜 시간 적당한 거리를 두었기 때문이다. 아무리 물리적으로 거리를 둬도 마음은 계속 서로 연결되어 있기 때문에 가능한 일이다. 약간의 거리를 둔다는 것은 오히려 더 관계를 오래, 그리고 친밀하게 유지하기 위한 위한 방법이 될 수 있다.

관계 속의 가르침

최근에 일흔이 넘은 할아버지가 결석 한 번 없이 입시 학원을 다니며 공부한 결과로 한의대에 합격했다는 기사를 본 적이 있다. 합격을 한 할아버지는 물론이고, 그 할아버지를 가르쳤던 선생님 또한 몹시 기뻐했고 감격했다. 그런데 놀라운 것은, 할아버지가 학교 등록을 포기했다는 것이다. 자신이 한의대에 가서 의사가 된다고 한들 몇 년이나 할 수 있겠냐는 것이었다. 입시 공부를 하며 충분히 즐거웠고, 합격이라는 목표를 이뤄내 행복도 충분히 느꼈다고 하며 더욱 절실한 다른 사람에게 자리를 양보하겠다고 하였다.

경영학 박사 출신으로 책도 여러 권 저술하고 각종 강연, 인터뷰 등으로 꽤 유명해 라디오 시사 프로그램도 진행하는 분의 요청을 받아, 해당 프로에 게스트로 출연해 내 책《6시그마 콘서트》를 주제로 6시그마에 대해 설명한 적이 있었다.

짧지 않은 시간 동안 대화를 나누고 나오는데 내게 이렇게 말씀하셨다. "많이 배웠습니다!"

자신이 만나는 사람에게 배움을 얻는 사람은 현명한 사람이다. 보통 사람들은 자신보다 우수하거나 능력이 뛰어난 사람을 꺼리는 경향이 강하지만, 오히려 그런 사람을 가까이하여 하나라도 더 배워야 한다. 마음이 편하다는 이유로 혹은 끼리끼리 어울려야 한다는 편견에 사로잡혀 자신과 비슷한 사람, 자신보다 떨어져 보이는 사람과 어울린다면 발전이 요원해진다. 위를 바라보고, 다른 세상을 더 널리 보려는 사람이 조금이라도 발전을 이뤄낼 수 있다.

사람은 누구나 자신만의 장점을 지니고 있다. 그렇기 때문에 모든 사람에게서 배울 점이 있는 것이다. 그것을 볼 수 있는 혜안만 갖춘다면, 세상의 모든 사람이 자신의 스승이 된다. 알면 알수록, 배우면 배울수록 나의 부족함을 깨닫게 된다. 세계에서 가장 골프를 잘 치던 타이거 우즈도 늘 레슨을 받았다. 비록 코치가 자신보다 골프를 더 잘 치는 것은 아니었지만, 제3자의 의견을 귀담아듣고 발전의 계기로 삼은 것이다. 우즈가 코치에게 '당신이 나보다 골프 더 잘 쳐?'와 같은 자세를 보였다면 우즈는 결코 발전할 수 없었을 것이다.

무언가를 배울 수 있는 관계는 그 어떤 것보다 가치 있고 소중하다. 그러나 삭막하고 불확실한 현대를 살아 가는 우리는 가르침을 받는 것도, 가르침을 주는 것도 어려우며 때로는 오만하다는 인상을 줄 수도 있다. 따라서 역발상이 필요하다. 조금만 생각을 비틀면 이미 가르칠 준비가 되어 있는 수많은 상황, 사람, 자연을 만날 수 있다. 간단히 손만 뻗으면 그 모든 것을 손에 넣을 수 있다. 마음을 열고 받아들이기만 한다면 말이다.

'백 년 학생, 백 년 교육'이라는 말처럼 우리는 평생 동안 배우며 살아가야 하는데, 관계 또한 평생 학습의 대상이 되어야 한다. 세상을 더욱 아름답게 만드는 관계, 마음 깊은 곳에 울림을 주는 관계는 배움을 주고받는 관계이다.

우리에게 인생의 지혜를 알려주는 관계가 반드시 스승과 제자, 사회적 성공을 거둔 사람과 그렇지 않은 사람일 필요는 없다. 오히려 일상 속에서 가르침을 얻고 소소한 관계 속에서 배움을 얻을 수 있는 관계가 더 특별하고 소중하다.

고등학교 시절에 미국에서 살다가 온 친구가 있었다. 한국 생활이 익숙하지 않았던 그 친구가 등교하는 첫 날부터 문제가 불거지기 시작했다. 드러내 놓고 표현하지는 않았지만, 특히 영어 선생님이 속앓이를 하는 모습이 역력했다. 한국의 정서를 잘 모르던 그 친구는 수업 도중에 선생님의 발음이 조금이라도 틀리면 곧바로 지적했다. 늘 세련된 이미지의 영어 선생님은 지적을 받을 때마다 얼굴이 귀밑까지 빨개져 어찌할 바를 몰랐다. 친구들이 문화의 차이에 대해 수차례 설명했지만 그 친구는 변하지 않았다. 그러던 어느 날 비교적 고참 축에 속하는 다른 영어 선생님이 그 친구로부터 지적을 받았다. 우리는 '드디어 올 것이 왔구나'하는 심정으로 숨죽이며 사태를 지켜보았다. 늘 '사랑의 매'라고 쓰여진 몽둥이를 들고 다니며 학교에서도 무섭기로 소문난 학생 주임 선생님이었기 때문이다. 그런데 이게 웬일인가? 선생님이 빙그레 웃으며 지적을 순순히 인정하는 게 아닌가. "그래. 내 영어 발음이 좀 구식이지? 한번 굳어지니 고쳐지지가 않네. 그래도 내 또래치고는 영어를 꽤 잘하는 편이라고."

선생님은 그 날 이후 영어 시간마다 아예 그 친구에게 교과서를 읽으라고 했고, 우리는 원어민 발음을 들으며 공부를 했다. 이후로 나는 그 선생님이 들고 다니시는 몽둥이가 진정 사랑의 매라는 것을 깨닫게 되었다. 스승이 다른 제자들 앞에서 자신의 부족함을 인정하는 것이 어디 쉬운 일이던가.

열린 마음 자세를 보여주신 영어 선생님으로부터 참 스승의 모습을 볼 수 있었다.

마음을 열고 누구에게나 배운다는 것은 그리 쉬운 일이 아니다. 땡전 한 푼도 안 되는 우리의 알량한 자존심 때문이다. 어떤 일이든 처음이 어렵지, 두 번째부터는 쉽다. 딱 한 번 자존심을 누그러뜨리고 주위를 둘러보면 내 주변에 포진해 있는 여러 명의 스승을 발견할 수 있다. 그 다음엔 일사천리다. 특별히 돈을 들이지 않아도 마음만 있으면 폭포수처럼 가르침이 쏟아지는데, 그깟 자존심 따위가 뭐라고?

특히 가르침을 주는 사람과 맺는 관계는 그 어떤 관계보다 의미가 깊다. '어, 저 사람은 저런 상황에서 저렇게 대처하네.', '아, 저렇게 말을 할 수도 있는 거였구나.', '맞아, 그렇게 하면 되는 거였어.' 이런 생각을 하게 만드는 사람을 분명 만난 적이 있을 것이다. 그러면 자존심을 팽개치고 배우는 게 현명한 자세다. 나이나 지위고하를 막론하고 말이다.

루이제 린저의《생의 한가운데》를 보면 "누구나 똑같이 나이가 들고 늙지만 자신을 병들어 가는 고목으로 생각하는 노인과, 세월이 갈수록 가치가 빛나는 골동품으로 생각하는 노인은 다르다."라는 대목이 나온다. 나이가 많든지 적든지, 누구와 대화하든, 누구와 관계를 맺든 늘 배우겠다는 자세로 사람들을 대하면 더욱 발전하는 인생이자, 사람이 넘치는 삶이 될 것이다. 겸손한 자세로 항상 배우려는 사람을 미워하는 사람은 아무도 없기 때문이다.

✳ 내가 부장이었으면 저렇게 안 했을 거야

인간은 언뜻 보면 합리적인 것 같지만 현실에서는 그런 경우가 몹시 드물다. 분명한 증거를 눈앞에 내어놓기 전에는 대체로 자신의 입장을 고수하는 경우가 대부분이다. 심지어 모든 것이 명백해도 음모론을 들먹이며 자신의 주장을 굽힐 줄 모르는 경우도 빈번하다. 관성의 법칙이 아주 강력하게 작용하는 것이다. 실제로 '차이'라는 건 아주 근소한 수치로도 판이한 결과를 낳기도 한다. 인간과 가장 가까운 동물로 알려진 침팬지가 인간의 DNA 구조와 겨우 1.3%의 차이로 종이 갈리는 것처럼 말이다. 사람들이 자신의 입장을 고집스럽게 고수하는 것은 '확증 편향Confirmation Bias'의 영향도 있다. 이는 인지 과학에서 자주 사용하는 용어로, 사람들이 자기 신념에 부합하는 증거는 쉽게 발견하거나 일부러 찾지만, 그렇지 않은 증거는 의도적으로 무시하거나 폄하하는 경향을 말한다.

다시 말해 사람은 자기 생각과 다른 현실을 직시하기보다 자기 입장을 뒷받침하는 한 줌의 정보에 매달린다는 것이다. 기억조차 자기 생각에 부합하는 것은 쉽게 떠올리지만 불리한 사실은 잘 기억하지 못한다.

어느 날 국내에서 영업하는 한 외국계 캐피털 회사 사장이 내게 자문을 요청했다. 회사에서 가장 중요한 업무를 담당하고 있는 영업 담당 임원과 심사, 채권 추심 등 오퍼레이션을 총괄하는 임원의 사이가 좋지 않다는 것이었다. 이들은 사사건건 대립했고 얼마 전에는 회의 시간에 크게 충돌하는 바람에 회의 분위기까지 험악해졌다고 했다. 한쪽에서는 내부 기준이 너무 빡빡해 영업하기 힘들다는 거였고, 다른 한쪽에서는 영업을 너무 마구잡이로 하는 바람에 부실이 커진다는 입장이었다. 따지고 보면 둘 다 맞는 말이었다. 나는 이렇게 조언했다. "두 임원의 업무를 바꿔 보시지요."

그 사장은 내 조언을 받아들여 다음 인사 발령 때 업무를 바꿨다. 그 결과가 예상되지 않는가? 갈등은 여전했다. 이제는 서로 상대방이 주장하던 바를 그대로 주장하면서 또다시 상대방을 비난했던 것이다. 입장을 바꿔 보면 상대를 이해할 수 있으려니 했는데 새롭게 놓인 그 자리에서 여전히 자기 입장만 고수한 셈이다. 그러나 두 명 중 한 사람이 퇴사를 하게 되어 사장과 이야기를 하며 말했다. "입장을 바꿔 보니 상대방이 왜 그랬는지 알겠더군요. 그러나 저도 그 업무를 하기 위해서는 어쩔 수 없었어요."

그 상황이 지나가면 다 잊는 것일까? 아니면 어떤 입장에 놓이든 현재 입장에 완전히 몰입하게 되는 것일까? 각자의 입장을 헤아리고 한발만 양보해도 관계의 양상이 달라지고, 훨씬 효율적으로 업무를 처리할 수 있었을 것이다. '저 사람이 저러는 이유가 있겠지?', '혹시 내가 잘못 생각하고 있는 것은 아닐까?' 끊임없이 자기 자신을 돌아보고 상대의 입장을 헤아리지 않으면 각자의 착각에 빠져 문제가 발생한다.

솔직히 말하자면 회식에서 가장 짭짤하고 고소한 안주거리는 상사 씹기다. 상사를 험담하는 것만큼 재미있고 서로 공감대가 잘 형성되는 것도 없는 듯하다. 동일 대상을 씹을 때면 묘한 동질감도 느껴진다.

"내가 부장이라면 저렇게 안 해!", "내가 팀장이었으면 이렇게까지 안 됐을 거야.", "사장이면 사장답게 의사 결정을 빨리 해 줘야 되는 거 아냐?"

이런 원망과 험담은 그 대상이 되는 상사들도 사원이

었을 때 무수히 내뱉던 말이다. 리더의 입장은 아래에서 보는 것만큼 그렇게 간단하지 않다. 그 입장이 되어보지 않고는 쉽게 판단할 수 없는 게 수두룩하다. 리더는 팀원들이 생각하는 것보다 몇 배나 복잡하고 어려운 상황과 이해관계 속에서 의사 결정을 해야 한다.

살다 보면 나와 코드가 맞지 않는 사람도 만나고, 도무지 왜 그러는지 이해할 수 없는 사람도 많다. 이때 상대방의 입장에서 생각해 보는 지혜가 필요하다. 애벌레한테는 끝인 것이 나비한테는 시작인 것이다. 물론 입장을 바꿔 본다고 해서 그 사람의 모든 것을 이해할 수는 없지만, 최소한 제대로 알지도 못하면서 욕하거나 험담을 하는 일은 줄일 수 있다.

남이 나를 이해해 주기만을 바라지 말고 내가 먼저 남의 입장을 이해하려 노력해야 한다. 이것이 습관화되면 나를 둘러싼 수많은 사람들이 우군이 되어 나를 돕고 있음을 깨닫게 될 것이다.

눈높이를 맞추기 위해서는 자세를 낮춰야 한다

사람들은 흔히 내가 알면 남도 알 거라고 생각한다. 그래서 30년 근무한 임원이 '왜 요즘 신입 사원들은 이런 것도 모르지?'라고 생각하는 걸 빈번하게 볼 수 있다. 이것은 대단한 착각이다. 강의를 할 때는 학생이나 수강생의 눈높이에 맞춘 강의를 해야 훌륭한 강사고, 프로젝트를 지도할 때는 직원들의 눈높이를 맞춰 지도해야 좋은 리더인 법이다. 일상생활에서도 마찬가지다. 부부 사이에 서로 운전을 가르치다 보면 부부 싸움이 일어나는 것은 예삿일이다. 가르치는 쪽은 "이것도 못 하면서 무슨 운전이야?"라며 답답해하다 이내 짜증을 내고 화를 낸다. 배우는 쪽은 옆에서 자꾸 잔소리를 하고 짜증을 내니까 평소에 잘 하던 것도 자꾸 실수를 하게 된다. 그래서 아예 운전 연수는 돈 내고 전문 강사에게 받는 것이 낫다는 말이 있다. 여기서 문제는 무엇일까? 바로 타인의 입장에서는 생각하지 않고 자신의 입장에서만 생각하는 것이다. 자신도 처음 도로에 차를 운전해서 나왔을 때 공포와 두려움을 느끼며 어설픈 운전을 했으면서 그때의 상황은 까마득히 잊어버리고 지금 자신의 수준에서 옆 사람을 바라보기 때문이다. 눈높이를 낮추는 것은 생각만큼 쉽지 않다.

우리는 주위 사람들의 입장을 헤아려 눈높이를 맞출 줄 알아야 한다. 특히 요즘처럼 변화의 속도가 빠른 시대에는 더욱 눈높이 조절에 신경 써야 한다. 지금 우리는 19세기, 20세기, 그리고 21세기가 공존하는 시대를 살고 있다. 마치 옛날 석기 시대, 청동기 시대, 철기 시대를 동시에 살고 있는 거대한 변화의 시기처럼 말이다.

사람은 처한 상황, 속한 조직, 직급, 관심사에 따라 눈높이가 다 다르다. 그러므로 커뮤니케이션에 애를 먹는다면 한 번쯤 무릎을 꿇는 수고를 통해 상대방을 이해하려는 시도를 하는 것이 필요하다. 내 고집을 잠시 주머니에 구겨 넣으면 같은 높이에서 같은 곳을 볼 수 있다. 아니면 상대방을 일으켜 세워 내가 보는 것을 보여줄 수도 있다. 가능하면 내가 먼저 숙여보는 게 어떨까?

내 부모님은 요즘 스마트폰에 푹 빠져 지내신다. 카톡

으로 거의 매일 안부를 물으시고 이것저것 사진도 보내신다. 평소에는 스마트폰으로 유튜브를 시청하시고 가족 밴드를 만들어 자녀들과 손주와 손녀들이 올리는 소식들을 보시며 '이 맛에 산다'고 하신다. 연로하신 부모님이 현란한 수준은 아니지만 이 정도까지 스마트폰을 사용하실 수 있었던 데는 그 동네 스마트폰 대리점 젊은 사장의 공이 컸다. 스마트폰이 고장났을 때뿐 아니라 여러 가지 기능을 모르실 때도 그 대리점으로 달려 가시는 모양이었다. 그럴 때마다 그 사장은 싫어하는 내색을 하거나 짜증내지 않고 몇 번이고 친절히 가르쳐 준다고 했다. 그런 이유로 스마트폰을 바꿔드리려 할 때도 그 대리점에서 기기를 변경하려고 하신다.

우연히 함께 들를 일이 생겨 그 사장에게 감사의 인사를 전했다. 내가 사용법을 반복해서 알려드린 것도 부지기수인데 얼마나 성가셨을까 싶어서였다. 그랬더니 사람 좋은 웃음을 보이며 이렇게 대답했다. "저희 부모님도 마찬가지세요. 아무리 가르쳐드려도 금방 잊어버리시거든요."

요즘 TV 프로그램엔 음악 프로그램이 많은데 나는 그 중에서도 《비긴 어게인》을 좋아한다. 가수들이 프로젝트 팀으로 모여 해외에서 버스킹을 하는 프로그램인데, 코비드-19

의 영향으로 최근엔 주로 국내에서 진행했다. 이 프로그램이 인기가 많은 이유는 뮤지션들과 관객들의 거리를 없애고 바로 앞에서 눈높이를 맞추고 공연을 하기 때문이라고 생각한다. 눈높이를 맞추는 것은 커뮤니케이션에 있어서 굉장히 중요하다. 눈높이를 맞춤으로 인해 공감과 호응을 얻을 수 있기 때문이다. 관객들과 눈높이를 맞추고 공연하는 가수들이 오히려 감동을 받는 경우도 더러 존재하기도 한다.

스스로 몸을 낮추고 상대방과 눈높이를 맞추는 일은 생각보다 쉽지 않다. 일부러 무릎을 꿇거나 고개를 숙이는 수고를 감내하는 일 또한 만만치 않다. 그러나 상대방의 입장에서 보고, 상대방이 세상을 보는 관점에 관심을 가지는 것은 꽤나 생산적인 일이다. 자신의 초심을 돌아볼 수 있는 시간이기도 하고 사람을 얻을 수 있는 기회도 되기 때문이다.

갑과 을은 언제든 뒤바뀔 수 있다

간혹 내가 하는 행동을 어디선가 경험한 적이 있는 듯한 기시감을 느낀다. 곰곰이 생각해 보면 과거에 누군가가 나에게 비슷한 행동을 했었던 사실을 알아차리고, 기시감의 원인을 발견하곤 한다. 내가 자녀를 혼낼 때의 모습과 내 부모님이 날 혼낼 때의 행동의 유사함을 느끼는 것이 그 대표적인 예이다.

우리가 흔히 하는 말 중에 "시집살이도 해 본 사람이나 시키지!"라는 말이 있다. 을의 입장이던 자신이 갑의 입장이 되기도 하고, 갑의 입장이었던 자신이 을의 입장이 되는 경우도 발생할 수 있음을 우리는 항상 명심해야 한다. 제일 어리석은 사람은 본인이 을이었던 시절을 잊은 사람이다. 그러나 그러한 사람들이 아주 많다는 사실을 주위를 조금만 살펴보면 알 수 있다. 물론 과거의 모습 때문에 현재에도 주눅 들 필요는 없다. 그러나 다른 사람과의 관계에서는 자신의 과거를 잊지 않는 겸손의 미덕이 필요하다. 경쟁에 익숙해져 늘 앞만 보고, 위만 보고 사는 우리들에게 특히 더 이 겸손이 필요하다.

누구나 경험과 학습을 통해 차근차근 하나하나 삶의 방식을 터득한다. 독수리도 기는 법부터 배우고 유도도 낙법부터 배운다. 이처럼 아무리 훌륭한 리더도 학습 없이 그 자리에 올라간 경우는 거의 없다. 또한 그 자리에 올라가기 위해 여러 실수를 하는 과정을 거친다. 그러한 실수를 보약 삼아 서서히 성장하는 것이다.

이때 중요한 것이 앞선 경험자의 관대함과 아량이다. 이미 경험해 본 입장에서 조언도 하고 지혜도 나눠 주는 것이 바람직한 자세이며, 아랫사람은 실수를 하면서 배우고 같은 실수를 반복하지 않으려는 자세를 지녀야 한다.

영원한 아랫사람은 없다. 세월이 흐르면서 경험과 경력이 쌓이면 자신도 리더가 된다. 그러므로 아랫사람의 자리에 있을 때 윗사람을 잘 살펴야 한다. 윗사람이 유능한 사람이 되도록 돕는 것이 결국 나 자신에게 가장 득이 된다는 사실을 아는 것이 필요하다. 또한 윗사람의 장점, 단점, 한계 등을 알아 미리 대비하는 것은 물론, 추구하는 목표를 명확히 이해하고 윗사람이 역량을 최대한 발휘하도록 힘을 보태야 한다. 조직에서 성공하는 가장 빠른 방법은 자신의 상사를 승진시키는 것이다. 종래에 이것은 나에게 더욱 큰 이득으로 돌아오게 된다.

도움과 칭찬은 아랫사람만 갈구하는 것이 아니다. 리더 역시 인간이기 때문에 도움과 칭찬, 위로를 필요로 한다. 미래에 자신이 상사의 자리에 올랐을 때 대접받고 싶은 만큼 상사를 대접해야 한다.

물론 가끔은 상사로 인해 스트레스를 받기도 한다. 이때 아랫사람들은 끼리끼리 모여 상사의 험담을 하는 것으로 스트레스를 푼다. 하지만 언젠가는 자신도 스트레스 해소 대상이 될 거라는 점을 기억해야 한다. 나중에 상사의 위치에 서게 될 때, 자신이 욕하던 상사보다 더 나을 거라는 보장은 없다. 지금 당신이 내뱉는 상사의 험담은 시차를 두고 결국 자신에게로 돌아오는 것이다. 현재 상사의 모습은 곧 당신의 미래의 모습이다.

대외적인 관계에서도 영원한 갑과 을은 없다. 상하 관계든 갑과 을의 관계든 현재 자신의 위치가 우월하다고 해서 그 지위를 남용해선 안 된다. 지위를 남용하는 사람은 스스로 자기 인격에 심각한 상처를 입히는 셈이다. 상대방을 적이라고 생각하는 제로섬 마인드에서 벗어나지 않으면 언제 자신의 처지가 곤두박질칠지 모른다.

우리는 현재와 과거, 미래를 함께 볼 수 있는 인사이트를 가져야 한다. 현재의 처지는 언제든 뒤바뀔 수 있다. 영원한 갑과 을은 존재하지 않는다는 사실을 항상 상기하며, 당신이 비록 현재는 갑일지라도 언젠가는 을이 될 수 있음을 기억하라.

너는 꼰대가 안 될 것 같냐

소위 말하는 '꼰대'의 특징들을 살펴보면 나는 아니라고 확언을 하기 어렵다. 취업 포탈 사이트인 잡코리아와 알바몬에서 2020년에 2020명(만15~34세)을 대상으로 '꼰대의 특징'에 대한 설문을 실시했다. 가장 많이 나온 대답은 '잦은 훈수나 충고를 하는 것(28%)'이고, 두 번째로 많이 나온 대답은 '개인사에 대한 오지랖과 사생활 침해(20%)', 그 뒤를 '나 때는 말이야'로 시작하는 '옛날 이야기와 자기 자랑(18%)'이 이었다.

꼰대들은 자신의 말이 맞다고 우기고, 상대방은 내 말을 들어야 하고, 자신이 늘 인정받아야 하는 입장을 고수한다. 이런 특징을 육하원칙으로 재미있게 풀어서 설명한 경우도 있다. '내가 왕년에 말이야' (When), '어딜 감히' (Where), '내가 누군지 알아?' (Who), '네가 뭘 안다고 그래' (What), '어떻게 나한테 그럴 수 있어?' (How), '내가 그걸 왜?' (Why) 인데, 무릎을 탁 칠 정도로 잘 맞아 떨어진다. 한 설문 조사에서는 이 중에 가장 듣기 싫은 말은 What과 When이라고 선정되기도 했었다.

요즘 사회 분위기가 이렇다 보니 선배가 사라지고 꼰대가 늘어나는 형국이다. 종종 선후배 간의 끈끈하고 다정한 관계가 점점 사라지는 게 아닐까 염려가 되기도 한다. 심지어 학번이 중요시되는 대학교에서도 선후배 상관없이 서로 '○○씨'라고 부르는 것이 보편화되었다. 이제는 나이나 경험이 많다고 선배 대접을 받는 시대는 지났다. 선배 역할을 제대로 해야 선배라고 인정받을 수 있다.

요즘은 각종 언론에서 꼰대와 관련된 기사가 쏟아지고 있는데, 동아일보에서는 2020년 1월 7일《청년, 꼰대를 말하다》라는 기획 기사를 통해 '좋은 선배가 되기 위한 방법'에 대한 설문 조사 결과를 발표했다. 그중 가장 많은 대답을 차지한 것은 '자신이 틀릴 수 있음을 인정하기'로 무려 44%를 차지했다. 꼰대들은 자신이 늘 맞다고 생각하고 그 생각을 강요하며 우긴다는 반증이다. 또한 '타인의 사생활에 관심 끄기(20%)', '대접받으려 하지 말기(17%)', '상대방이 요청하지 않은 조언은 먼저 하지 않기(12%)'등이 이어져 앞에서 살펴봤던 꼰대의 특징에 대한 설문과 일맥상통하는 것을 알 수 있다.

요즘은 세대 차이와 관련해서도 재미있는 현상이 있다. 흔히 세대 차이라고 하면 중장년 이상의 어른 층과 젊은 층의 차이를 말하는데 요즘은 젊은 층끼리도 서로 큰 세대 차이를 느낀다고 한다. 연배가 조금 있는 어른 입장에서는 90년대생이라 하면 아직 어린 사람처럼 느껴지지만 90년생도 이미 서른이 훌쩍 넘어 적은 나이가 아니다. 이 90년대생들과 2000년대생들과의 사이에서도 무려 10명 중 8명이 서로 세대 차이를 느낀다는 조사 결과도 있다. 20대는 아무래도 개인주의적 성향이 조금 더 강화되고 집단주의적 성향은 더 약화되었기 때문에 불과 몇 살 많은 90년대생들이 꼰대라 느껴지는 것이다. 요즘은 고작 1, 2년 차이의 학교 선배, 군대 선임, 직장 상사를 꼰대라 느끼는 경우도 많아지고 있다.

구인구직 매칭 플랫폼인 '사람인'이 직장인 979명을 대상으로 한 설문 조사에서 무려 71%가 '사내에 젊은 꼰대가 존재한다'고 답했다고 한다. 그 중 최악의 젊은 꼰대 1위는 '자신의 경험이 전부인 양 충고하며 가르치는 유형(24%)'으로 나타났다. 재미있는 것은, 이 젊은 꼰대들의 특징으로 무려 절반이 넘는 52%가 '자신은 4050꼰대와 다르다고 생각한다'고 조사되었다는 것이다. 그리고 '자신은 권위적이지 않다고 생각한다',

'스스로 합리적이라고 생각한다' 등의 대답이 이어졌다.

그러면 기존 꼰대와 젊은 꼰대의 차이는 무엇일까? 위 설문 조사에서는 무려 응답자의 75%가 기성 세대 꼰대와 젊은 꼰대가 서로 비슷하다고 답했다. 꼰대는 그냥 꼰대이지, 더 나은 꼰대는 존재하지 않는다는 것이다.

그렇다면 자신들도 꼰대를 싫어했으면서 오랜 시간이 지나지 않아 후배들이 생기면 금새 꼰대로 전락하는 이유는 무엇일까? 꼰대 같은 선배들을 싫어했으면서도 결국 그 꼰대들에게 배웠으니 닮아 가는 것이다. 눈물 쏙 빼도록 힘든 상사를 만나 고생을 했으면서도 아랫사람을 대하는 리더의 자리에 오르면 자신이 그토록 싫어했던 상사와 똑같이, 오히려 더 심하게 아랫사람을 괴롭히는 현상을 어렵지 않게 볼 수 있다. 또한 아무리 꼰대가 싫었어도 사람들은 자기 중심적으로 생각하기 나름이니 어쩔 수 없이 꼰대가 되어가는 자신이 맞다는 생각을 바꾸지 않는다. 아랫사람들이 많이 생기다 보니 권위주의에 물들거나, 자신이 리더 자리에 앉아 보니 과거 꼰대라고 욕했던 상사의 방식이 옳았음을 깨닫는 경우도 있다.

꼰대라 불리기 억울한 40대의 나이도 애매하다. 본인들은 아직은 마음만 먹으면 마라톤도 완주할 체력이 있다고 하지만 슬슬 빠지기 시작하거나 얇아지고 하얗게 바래기 시작하는 머리카락과 점차 진행되기 시작하는 노안으로 당황하기 시작한다. 스마트폰의 글씨 폰트도 어느새 큰 글씨체로 바뀌어 있다. 꼰대라는 말을 듣기는 싫지만, 아무래도 대화를 나누다 보면 젊은 사람들에게 꼰대라는 말을 듣고야 만다. 그리고는 점차 스스로 꼰대임을 인정하기 시작하면서 '샤이꼰대'라는 말도 나왔다. '그래 나 꼰대다 어쩔래'라는 생각이 드는 것이다.

꼰대가 되어가는 사람이나, 꼰대가 싫은 사람이나 명심해야 할 한 가지 사실이 있다. 그것은 '누구나 꼰대가 된다'는 사실이다. 위의 각종 설문 조사들을 살펴보면 역사상 꼰대의 특징을 지니지 않은 기성 세대는 없었다. 나이와 경험이 많은 사람이 꼰대의 특징을 가지지 않으면 젊은 세대와 교감을 잘 할 수 있을까? 어쩌면 철이 없다, 나잇값을 못한다는 등의 평가를 받을 지도 모른다. 그럴 바엔 그냥 꼰대가 되는 게 낫다. 대신 자신의 역할을 충실하게 해내는 꼰대가 되어야 한다. 그리고 자신을 꼰대라 했던 후배들이 점차 꼰대의 대열에 들어서는 것을 보며 '너는 늙어봤냐? 나는 젊어 봤다!'라는 생각에 남다른 감회에 젖을 것이다. 그리고 자신보다 나이가 조금 많은 사람들을 꼰대라 불렀던 후배들도 금세 그 후배의 후배들로부터 꼰대라는 소리를 듣게 되며 당황스러울 것이다. 그러면 아마 이런 생각을 가지게 될 것이다. '다양한 세상을 위해서는 꼰대도 필요하지.'라고.

세상에는 다양한 사람들이 어울려 살기 때문에 각자의 역할이 필요하다. 누구나 선배가 되고 꼰대가 된다. 이미 과거를 경험한 사람은 후배들을 보며 '도대체 왜 그러는지 이해가 안가'라는 눈길보다 '그럴 수 있어, 사실 나도 그랬거든'이란 생각을 가지고 좀 더 너그러운 마음으로 바라봐야 한다. 그리고 후배나 젊은 사람들은 '나도 머지않아 저렇게 될 거야, 저 나이가 되고 저 입장이 되면 나도 그렇게 될 가능성이 높아'라는 생각을 가지고 상대의 입장을 이해하려고 노력해야 한다. 선배냐 꼰대냐가 중요한 것이 아니라 누구나 그 자리를 거쳐가게 될 것이라는 사실이 중요하다. 지금 이 글을 읽는 당신도 꼰대가 되어가고 있다.

※ 제1차 세대 전쟁

나는 X세대란 말을 들으며 자랐다. 내 바로 위 선배들은 베이비부머 혹은 386세대라 불렸다. 386세대는 지금은 586세대가 되었다. 그런데 어느 순간 알파벳이 늘어나더니 Y세대, Z세대 그리고 MZ세대라는 용어까지 생겼다.

현재 신입 사원 세대인 Z세대의 가장 큰 특징은 이전 세대보다 더 직접적으로 질문한다는 것이다. Z세대인 입사 지원자와 면접을 하다가 "마지막으로 궁금하신 사항이 있으신가요?"라고 물으면 "제가 이 회사에서 어떤 것을 배울 수 있습니까?" 혹은 "회사는 어떤 부분에서 다른 회사와 차별화하여 동기 부여를 해주시나요?"라고 묻는다. 과거에는 업무 지시가 내려오면 일단 부딪혀 고민하기 시작하는 반면, Z세대에게 일을 시키면 "제가 왜 그것을 해야 하죠?"라는 질문이 먼저 돌아온다. 하기 싫다는 것이 아니라 자신이 납득해야 일을 더 잘 할 수 있다는 표현인 것이다. 그리고 일단 필요성을 인식하고 일을 시작하면 디지털 네이티브답게 디지털 기기를 활용하여 일을 효과적이고 빠르게 수행해내기도 한다.

밀레니얼 세대인 Y세대와 Z세대를 합해 MZ세대라 부르기도 한다. 이는 코비드-19에 대한 반응에서도 잘 드러나는데, X세대 이상의 기성 세대는 자신의 부주의로 전체가 피해 보지 않도록 정부의 지침을 비교적 잘 따르는 편이다. 남에게 피해를 주지 않으면서도 자신의 로망을 실현하기 위해 《나는 자연인이다》와 《도시 어부》와 같은 프로그램을 많이 보고 최근에는 캠핑에 관심을 많이 기울인다. 반면, 자신의 즐거움을 포기할 수 없는 MZ세대는 할로윈, 클럽, 감성 포차, 각종 SNS를 통한 모임을 비롯해 여전히 재미있는 요소들을 찾아 나서고 있다. 이처럼 세대별 욕구가 다르기 때문에 자연스레 갈등이 발생하기 마련이다.

임홍택 작가는 《90년생이 온다》에서 요즘처럼 세대 차이가 극심한 이유를 이렇게 설명한다. "우리 사회처럼 짧은 시간에 급격한 변화를 겪은 곳에서는 세대 간에 갈등의 골은 더 깊어질 수 있다. 각 세대가 서로의 차이를 인정할 여유가 없었기 때문이다." 즉, 먹고 사느라, 변화하는 사회를 따라가

느라 경황이 없어 다른 세대를 들여다보고 이해할 수 있는 여유가 부족했던 것이다.

그런데 요즘은 기성 세대가 젊은 세대를 이해하기 위해 난리다. 그들의 언어를 배우기 위해 유행어를 따로 공부하면서 훈민정음이 아닌 '야민정음'이란 단어도 생겨났다. 신입사원이 나이 지긋한 회사 임원에게 신기술, SNS, 새로운 트렌드 등을 가르치는 '리버스 멘토링' 제도를 도입하는 회사들도 있다. 반면 젊은 세대는 기성 세대를 이해하려고 하기보다는 '꼰대'라는 용어를 사용하며 선을 긋는 경우가 다반사다. 굳이 배울 만한 것을 느끼지 못하기 때문이다. 선배들이 자신이 경험한 일을 통해 대화를 하려 하면 '또 그 놈의 라떼는'이라며 귀를 닫곤 한다. 선배들의 경험이랍시고 늘어놓는 것들이 현재 도움이 되지 않는다고 생각하기 때문이다.

왜 이런 현상이 일어나는 것일까? 세대에 따라 생각의 결이 다르기 때문이다. '도대체 왜 그렇게 생각하지?'라고 해봐야 골만 더 깊어질 뿐이다. 기성 세대는 가난에서 벗어나기 위해 '성실과 근면'이라는 구호 아래 '무엇을 할 것인가'를 기준으로 일을 택했지만, 밀레니얼 세대는 '어떻게 살 것인가'가 일을 선택하는 기준이 된다. 기성 세대에게는 자신이 '좋아하는' 일인지 아닌지는 중요하지 않았다. 그런 것을 생각할 여유도 없었고, 선배들에게 그런 삶의 방식을 배울 일도 별로 없었다. 그저 열심히 공부해서 좋은 대학에 들어가고 좋은 직장에 들어가 높은 연봉을 받으며 적절한 때에 승진하는 것을 성공의 척도로 생각했고 이것이 성공한 삶이라고 여겼다. 그 과정에서 자존심을 내세우거나 자신만의 꿈을 꾸는 것은 사치로 여기는 것이 당연하게 받아들여졌다. 그러나 밀레니얼 세대는 다르다. 치열하게 대입 경쟁을 하며 학창 시절을 보내고, 대학에 입학하자마자 취업 준비를 시작하여 지옥 같은 취업난을 뚫고 어렵게 회사에 들어가도 '어떻게 살 것인가'의 기준에 맞지 않으면 가차 없이 뛰쳐나온다. 자신의 삶의 의미에 걸맞지 않으면 차라리 그만두고 다른 것을 준비하는 것이다. 이들은 자신의 꿈이나 자아 실현에 무게를 두고, 이것저것 따지고 계산하기 보다는 자신이 생각해 온 가치에 부합한다 싶으면 금세 뛰어들어 그를 실현해내고자 한다.

세대 차이라는 것은 해결될 수 있는 것이 아니다. 늘 존재했고 앞으로 그 간극은 점점 더 벌어지며 가속화될 것이다. 따라서 기성 세대도, 젊은 세대도 모두 서로를 이해하고자 노력해야 한다. 이는 생각과 환경의 차이를 납득하고 인정하는 것으로부터 시작된다.

먼저 기성 세대는 왜 젊은 세대가 불편함을 느끼는지 명확히 알아야 한다. 인생 선배랍시고 이것저것 가르치려 들지만 정작 현실에 맞지 않아 잔소리로 그치는 경우가 많고, 새로운 변화에 대한 이해도가 낮기 때문에 시대에 뒤떨어진 생각을 가지고 있을 가능성이 높다. 또한 본인들이 하는 훈계와 행동이 불일치할 때 반감이 커진다. 이를 해결하기 위해서 젊은 세대를 가르쳐야 할 대상이 아니라 함께 살아가는 동료로 인식해야 한다.

또한 '라떼는'이라는 고정 관념에서 벗어나 생각의 결이 다른 세대의 고유한 생각과 방식을 이해하고 인정해야 한다. 또한 함께 일할 때는 다소 개인주의적 사고 방식을 어느 정도 인정해 주고, 일을 시킬 때도 업무 지시를 정확하게, 그리고 정중하게 내려야 한다. 그리고 결과에 대한 객관적이고 합리적인 평가가 뒤따라야 한다.

또한 밀레니얼 세대도 기성 세대에 대해 '꼰대'라는 반감을 먼저 내세울 것이 아니라 배울 것은 배운다는 자세가 필요하다. 요즘 사회 분위기가 밀레니얼 세대를 이해하자는 목소리가 높다. 높은 입시 문턱과 취업난에 막혀 있는 세대이자 예전과는 다르게 결혼이나 내집 마련의 꿈을 거세당한 세대라고 할 수 있기 때문일 것이다. 밀레니얼 세대도 기성 세대를 이해하려는 노력이 필요하다. 서로 존중해야 하는 것이다. 시대를 먼저 살아간 것이 죄는 아니지 않은가. 박범신의 소설 《은교》에 이런 말이 나온다. "너의 젊음이 너의 노력으로 얻은 상이 아니듯, 나의 늙음도 나의 잘못으로 받은 벌이 아니다." 오히려 밀레니얼 세대가 말하는 '꼰대'들이 벽에 맞닥뜨렸을 때 돌아갈 길을 알려주고, 길을 잃었을 때 미로에서 빠져나오는 방법을 알려줄 수 있는 사람이라는 것을 기억해야 한다.

이처럼 세대 간의 차이를 극복하기 위해서 제일 중요한 것은 다른 세대가 자라온 환경에 대해 이해하는 것이다. 또한 나와 다른 세대도 그들 나름의 역할을 사회에서 꾸준히 해내고 있다는 것을 항상 염두해야 한다. 세대 전쟁의 피해를 감소시키기 위해서는 쌍방의 노력이 필요하며, 갈수록 가속화되는 변화에 민감도를 높여 흐름을 이해해 나간다면 금세 이 세대 전쟁을 끝낼 수 있을 것이 틀림없다.

스펙과 사회성의 상관관계

우리는 사회생활을 열심히 하느라 가정에 소홀한 가장들을 다수 보았다. 그러나 요즘 이러한 사람들이 SNS 등으로 이미지를 다시 만들어내는 경우가 많은 듯하다. 이런 사람들은 점점 그 본색이 드러나기 마련이다. 특히나 성공한 CEO 중에는 자신의 창출한 성과, 그에 따른 외부의 평가를 통해 자신을 과대평가하는 경우가 많은 듯 보인다. 이러한 사람들은 대부분 자신의 성과에 과도하게 몰입하여 자신에게만 집중하는 사회적 자폐 현상을 보이는 경우가 상당하다.

얼마 전에 개인 코칭을 받다가 제공된, 다면 평가 자료를 통해 자신에 대한 동료의 평가를 알게 된 사람이 있다. 자신이 몸담는 분야에서 성공해 이름만 대면 알 정도로 성공하고 TV에도 출연하면서 유명해졌지만 정작 자신의 주위에 사람이 남지 않아서 자신이 살아온 삶에 대해 후회하고 있었다.

과거 근무했던 직장의 전 동료들이 자신만 빼고 정기적으로 만남을 갖고, 하물며 자신을 제외한 단체 메신저방이 있다는 사실을 알고 충격을 받았다고 한다. 산발적으로 그 모임의 멤버들을 만났지만 자신을 그 모임에 초대하기는커녕 아무도 그 모임들에 대해 자신에게 언질해주는 사람이 없었다는 것이 더 충격이라 했다. 그 분이 조직 생활을 하면서 함께 생활하는 사람들에게 어떤 평가를 받았는지 상상하기는 어렵지 않다. 그저 같은 시간, 같은 장소에 머문다고 연대감이 생기는 것이 아니다. 자기만 생각하고, 주위를 둘러보지 않는 마음의 눈을 감고 있는 이런 사회적 자폐에는 약도 없다.

요즘 SNS에는 '월요일, 출근과 동시에 퇴근길이 그리워진다'라는 내용의 글들에 많은 댓글이 달린다. 상사를 욕하는 글과 '이 놈의 지긋지긋한 회사 방금 때려 치웠다'라는 글에는 그야말로 환호가 쏟아진다. 일종의 사이다 발언으로 비록 멋지게 사직서를 던지지는 못하지만 자신의 마음을 대변해주는 것 같아 카타르시스마저 느껴진다. 그러나 직장 생활에는 어느 정도 어쩔 수 없이 감수해야 하는 부분이 있다. 조직에 융화되지 못하고 계속 불평만 하느니 차라리 때려치우고 그 자리가 절실하게 필요한 누군가에게 양보했으면 좋겠다는 생각이 들기도 한다.

실제로 조직에 잘 적응하지 못하는 신입 사원들이 있다. 이들이 머리가 나쁘거나 스펙이 부족한 걸까? 그렇지 않다. 함께 생활해야 하는 문화에 적응을 하지 못하기 때문이다. 자신이 해야 할 업무보다 성과급에 집중하고, 갑자기 휴가를 낼 때면 병가 등 핑계만 수십 개다. 업무 지시라도 내려오면 자신의 업무가 아니라며 불합리하다고 성토하거나 업무를 채 마치지도 않고 정시에 퇴근을 하는 경우가 태반이다. 또한 직원들끼리의 커뮤니케이션 또한 하지 않으려 하고, 자신의 능력만을 믿고 사수의 업무 지시를 따르지 않는 경우조차 있다.

여기서 중요한 것은 회사 생활에서 인간관계에 주의를 기울여야 한다는 사실이다. 회사에서 내 입장만 고수하는 것이 아니라 팀워크를 갖추고 생활해야 한다는 사실을 기억해야 한다. 이는 인간관계를 기반으로 하는 것이기 때문에 관련된 요소를 잘 파악해야 한다. 어느 곳이나 마찬가지지만 직장에도 좋은 사람만 있는 것도 아니고 자신과 잘 맞는 사람만 있는 것도 아니다. 자신도 다른 사람에게 늘 좋은 사람으로 받아들여지는 것도 아니다. 직장에서 좋은 인간관계를 유지하려면 꾸준한 노력이 필요하다.

나는 여러 기업에서 직장 생활을 하면서 다양한 문화를 경험했다. 그렇게 여러 기업에 근무하면서 느낀 점은, '사람 사는 곳은 다 똑같구나'라는 것이었다. 일정 기간 동안 나름의 노력을 통해 상대에게 마음으로 받아들여지니 더 없이 좋은 동료들이 되었다. 그렇게 좋은 관계들 덕분에 가는 곳마다 재미있게 직장 생활을 할 수 있었다. 생소한 업무야 시행착오를 거치더라도 배우면 되고 쏟아지는 일이야 밤을 새워서 하면 되는 일이지만 사람의 마음과 관련된 일은 다루기도 어렵고, 한 번 어긋나면 다시 제자리로 돌리기도 쉽지 않다. 좋은 관계를 위해서는 내 입장만을 고수하는 마음에서 벗어나 상대의 입장과 마음을 헤아리는 자세가 가장 중요하다.

직장 생활을 오래 한 입장에서 보면 요즘 신입 사원들의 행동이 마음에 들지 않거나 이해가 가지 않을 수 있다. 그러나 그들이 자라난 환경, 사회적 분위기 등을 생각해서 그 입장을 이해하고자 하는 마음이 필요하다. 또한 밀레니얼 세대의 입장이라면 꼰대처럼 보이는 까마득한 직장 선배를 자신의 부모님이 거쳐간 모습이라 생각해 본다면 어떨까? 부모가 자신의 마음에 들지 않는다고 진작에 때려치웠으면 본인들이 누려온 것들을 누리지 못했을 수도 있다. 상대방은 누군가의 자식이고 누군가의 부모다. 그러니 한 번씩은 상대의 입장이 되어볼 일이다. 자신의 입장에서 쳐 놓은 두꺼운 보호막은 어느 정도 걷어내고 조금은 양보하고 이해하고자 한다면 좋은 관계를 유지하는 것이 보다 쉬워질 것이다.

달라야 멋진 하모니가 나온다

세상에는 다섯 부류의 사람들이 서로 아옹다옹하며 살아간다고 한다. 신기한 것은 이런 차이와 부조화 속에서도 세상은 우당탕거리며 끊임없이 조화를 만들어 낸다는 점이다. 각각의 사람들이 모두 최선을 다하며 조화로움을 이끌어낼 때 세상은 아름다운 화음을 연주한다. 이때 중요한 것은 '다름'을 수용하고 '차이'를 인정하는 것이다. 남과 나는 다르다는 것을 받아들이고 그 차이를 인정해야 조화가 가능한 법이다. 그렇지 않으면 주머니 속에 들어간 송곳처럼 혼자서만 뾰족하게 튀어나와 위험한 존재가 된다.

어느 날, 예술의 전당에서 개최된 연주회를 본 적이 있다. 국내 최고의 오케스트라와 함께 네 명의 최정상급 성악가들이 함께 하는 공연이었다. 많은 이들의 주목을 받은 공연이었던 터라 나는 기대감과 설렘을 안고 공연장 분위기를 만끽

했다.

이윽고 오케스트라의 튜닝이 끝나고 공연이 시작되었다. 시간이 흐를수록 청중은 점점 오케스트라의 연주에 푹 빠져들었다. 여기까지는 정말 기립 박수라도 보내고 싶을 만큼 훌륭했다. 그런데 혼성 4중창이 나오는 부분에서 그 최고의 성악가들이 부르는 노래가 따로따로 노는 것이 아닌가. 네 명의 성악가들이 각자 자신만의 뚜렷한 개성을 발산할 뿐, 하나의 연주라고 보이지 않았다. 그러자 관객들이 웅성이기 시작했다. 성악가들은 모두 자기 자신을 드러내기 바빴을 뿐, 조화로운 음악을 위해 자신을 죽이려는 노력은 하지 않음을 관객 모두가 느꼈을 것이다.

전체를 위해 나를 희생할 수 있는 마음이 존재하지 않는다면 조화는 이뤄질 수 없다. 서로를 존중하고 맞춰 주려는 노력이 없으면 절대로 조화로운 하모니가 흘러나올 수 없다. 서로 자기 파트에만 집중하며 남과의 조화를 고려하지 않는다면 그 음악은 모두에게 소음 취급밖에 받지 못한다. 그렇기 때문에 지휘자의 역할이 중요하다. 서로 다른 목소리를 하나의 화음으로 이끌어 내는 것은 지휘자, 즉 리더의 몫이기 때문이다.

하지만 하모니를 위해 리더가 꼭 매사에 개입해야 하는 것은 아니다. 구성원들이 지쳐 있고 집중력이 떨어져 있을 때는 그들을 믿고 맡기는 게 가장 좋은 방법일 때도 있다. 서로 오랜 기간 함께해 온 서로의 호흡으로 각자의 역할에 충실하며 기대 이상의 연주를 들려준다. 오케스트라에서 지휘자의 역할은 절대적이지만, 지휘봉이 필요 없는 순간도 존재한다.

위대한 인물이 위대한 이유는 그들이 서로 다른 사람들을 잘 화합시켜 훌륭한 하모니를 만들어 냈기 때문이다. 리더가 모든 것을 직접 해내는 것은 아니다. 다만 그들은 서로 다른 사람들의 잠재력을 최대로 이끌어 내 조화를 이루도록 조율할 뿐이다. 바로 그것이 성공의 열쇠다.

세상에 나와 똑같은 사람은 한 명도 없다. 과학이 끝없이 발전하고 있지만, 그럼에도 불구하고 나와 완벽하게 똑같은 나 자신을 만든다는 것은 불가능하다. '조화'란 그것을 이루는 과정 자체도 아름답지만 그 결과는 더욱 황홀하다. 서로 다른 음색이 만나 감동적인 화음을 만들어 내고, 서로 다른 시각이 하나의 그림으로 완성되는 것처럼 말이다. 마찬가지로 서로 다른 사람들이 마음을 모아 한 방향으로 나아가게 하는 것만큼 보람 있는 일도 드물다. 물론 그 과정은 많은 고난

이 뒤따르지만 만약 그것이 쉽다면 하모니에 대한 희소 가치가 그만큼 하락할 것이 분명하다.

개인의 인생 또한 마찬가지다. 매일매일 다른 색깔로 채워지는 것 같지만 인생 전체를 보면 신묘하게 조화를 이루고 있음을 알 수 있다. 오늘 내가 채우는 색은 전체의 색을 구성하는 모자이크의 한 부분이다.

하지만 지금 현대 사회는 역량 있는 개인을 추구할 뿐, 함께 조화로움을 이루어 내는 것에는 그 가치를 두지 않으려고 한다. 하지만 기억해야 할 것은 어느 한쪽이 무너진다면, 다른 한쪽도 무너질 것이라는 사실이다. 조화를 이루기 위해서는 스스로를 낮은 자리에 놓는 겸손함과 희생이 불가피함을 깨달아야 한다. 세상이 아름다운 이유는, 이러한 조화를 위해 아직도 희생하는 사람들이 존재하기 때문임을 기억해야 한다. 그리고, 당신도 그렇게 될 수 있을 것이다.

선 존경하기, 후 존경받기

내가 근무하던 사무실 밖이 갑자기 소란스러워졌다. 직원들과 함께 창 밖을 내다보니 벤츠 승용차 한 대가 길 건너 통신 회사 건물의 회전문을 들이받고 멈춰서 있었다. 처음엔 사고인줄 알고 '정확히 정문을 들이받았네'라고 생각했지만 인터넷 속보를 보니 단순한 사고가 아니었다.

사건 당사자인 40대 고객은 해당 통신사 고객센터와 통화하다 불만족스러운 통화 내용에 항의하기 위해 본사를 찾아와 책임자 면담을 요구했다고 한다. 그는 이미 전화로 십여 차례 항의를 하고 민원을 제기한 상태였다. 하지만 회사 측에서는 별 반응이 없었고 직접 찾아왔을 때조차 보안 요원으로부터 무시당하며 제지를 당하자 홧김에 자신의 차를 몰고 정문으로 돌진한 것이었다. 나중에 그는 자기 의견이 조금이라도 존중받는 느낌을 받았다면 그런 일은 없었을 거라고 털어놓았다.

그야말로 분노 사회다. 하루가 멀다 하고 층간 소음으로 이웃 간에 칼부림을 하는 소식들이 뉴스에 소개된다. 삶이 팍팍하고 자신을 둘러싼 힘든 상황에 엎친 데 덮쳐 분노가 극에 달하는 경우도 있지만, 사실 기본적으로 상대방을 존중하는 마음과 태도가 부족해 분노가 쌓이고 과격한 모습으로 발현되는 것이다.

상대에게 존중받지 못하는 것은 당사자에게 참을 수 없는 상처와 치욕이 된다. 남이 겪은 큰 상처보다 내 손가락의 작은 상처가 더 많이 신경 쓰이고 아픈 법이다. 취업 못하는 처지를 비난한다고 해서, 아랫집이 시끄럽다고 항의한다고 해서 덜컥 살인을 저지르는 것도 그래서다. 요즘은 개인주의가 더욱 확대되고 있어 '세상의 중심은 나'라는 개념이 확고히 자리잡고 있다. 나 말고 다른 사람은 중요하지 않다는 사고가 만연한 사회가 되어가고 있으며, 이는 내가 상처를 받으면 남도 상처를 받아도 된다는 사고로 이어지기 쉽다. 자신의 입 안에 있다고 입 안의 도끼를 제멋대로 휘두르면 결국 자신에게 고스란히 날아옴을 깨닫지 못하고 말이다.

입 안의 도끼란 '말'을 의미한다. 말은 아무리 사소한 것이라도 일단 발설하면 상대의 마음에 고스란히 남는다. 말은 단순히 생각을 표현하는 것에 그치는 것이 아니다. 마음에 품은 말은 강력한 상념으로 작용해 결국 사람의 사고까지 뒤흔든다. 계속해서 자신에게 부정적인 말을 하면 좋지 않은 상황이 발생한다. 물론 그 반대도 얼마든지 가능하다.

아무리 까칠한 사람도 진심으로 존중하며 관심을 보이면 반응하기 시작한다. 존중을 받으면 누구나 그 사람을 향해 마음이 이끌리기 마련이다. 존중을 어렵게 생각할 필요는 없다. 그냥 상대방을 있는 그대로 인정하면 된다. 나도 소중하고 상대방도 소중하다는 원리다. 나는 맞고 너는 틀렸다고 논쟁할 필요가 없다. 최근 SNS를 보면 자신과 생각이 다른 사람을 공격하고 자신의 생각을 주입하여 상대의 생각을 고치고자 한다. 이럴 때 상대는 설득되는 것이 아니라 반감을 가지게 된다는 사실을 모르고서 말이다. 그러면서 자신은 타인과 열심히 소통하고 있다고 착각한다. 물론 상대의 생각이 잘못되어 있을 수 있지만 자신도 성장 배경과 정치, 종교, 사회에 대한 일정한 형태의 프레임이 형성되어 있는 것을 인정해야 한다. 사실 입장 바꿔 생각해보면 세상에 이해 못할 것이 어디 있겠는가? 흔히 상대방의 장점을 보는 일에 7의 노력을 기울이고 단점을 보는 일에 3의 노력을 기울이라고 한다. 내가 볼 땐 장점을 보는 일에 9의 노력을 기울이고 단점을 보는 일엔 1의 신경을 쓰는 것이 우리네 인생에 더 유익하다.

관계의 충돌, 언어의 권모술수, 언행일치의 실종과 같은 부정적 이미지가 다 모여 있는 곳이 회사다. 한 마디로 하자면 스트레스 양성소다. 늘 스트레스가 둥둥 떠다니고 관계의 피곤함이 배어 나오는 곳이다. 그래서 더욱더 조심하고 입이 닳도록 존중의 필요성을 강조해도 지나치지 않다.

존중하는 분위기를 만들기 위해서는 리더나 윗사람이 먼저 아랫사람을 존중해야 한다. 그러나 정작 아랫사람을 종처럼 대하면서 주인 의식을 가지라고 강요하는 경우가 많은 것이 현실이다. 사람은 존중을 받으면 잠재력과 창의성을 최대한 발휘하고자 노력을 기울인다. 결국 직원들을 보물로 만드는 것은 리더의 존중하는 자세에 달려 있다.

또한 업무를 지시하는 태도나 언어도 신경을 써야 한다. 업무 지시나 명령을 할 때에는 지시하는 태도보다 부탁하는 태도가 직원들의 동기 유발에 더 도움이 된다. 뭐, 대단한 스킬이 필요한 것도 아니다. 그런데 현실은 다음날 자신이 휴가인 사실조차도 알려주지 않는 경우가 많다. 조언을 할 때도 마찬가지다. 상대방이 잘 되라고 말은 하지만, 자세히 살펴보면 자기 중심적으로 조언하기 때문이다. 그러나 아무리 좋은 의도라도 매너 있는 태도가 없으면 제대로 전달되기 어렵다.

수많은 개성과 인격, 능력이 살아 숨 쉬는 조직 내에서 당신은 이 조직에 반드시 필요한 존재라는 것을 알려 주는 것은 굉장히 중요하다. 회사라는 곳은 모든 직원이 심리적으로 자신의 정체성과 역할을 정립할 수 있도록 도움을 주는 공간이어야 한다. 이는 조직의 역량 극대화를 넘어 사회의 공익에 도움이 되고 인간 존중을 일상에서 실천할 수 있는 방법이다. 그래야 직원들도 성장하고 리더도 성장한다. 지위가 올라갈수록 본전 생각에서 벗어나 포기하고 내려놓는 자세가 필요하다. 성장은 하나씩 더하는 일이고, 성숙은 하나씩 버리는 일이기 때문이다. 그래서 아랫사람은 성장하고, 윗사람은 성숙해지는 조직이 이상적인 조직이다.

개인적으로도 사회생활에서 상황에 따라 적절히 도움을 주는 사람이 되는 것이 삶을 더욱 의미 있게 만든다. 상대방을 존중할 줄 아는 사람은 본인의 성장 과정 속에서 존중받으며 자랐을 가능성이 크다. 설령 그런 성품을 타고나지 못했더라도 후천적으로 노력하면 얼마든지 타인을 존중하는 습관을 들일 수 있다. 뚜렷한 이유 없이 누군가 싫은 것은 나의 못난 성품 때문이고, 특별한 까닭 없이 누군가 좋은 것은 상대방의 선한 성품 때문이다. 이런 생각을 가지면 존중하는 마음이 내 마음 안에 굳건히 자리잡을 수 있다. 존중받는 사람은 먼저 상대방을 존중하는 사람이다. 상대방을 존중하면 본인도 존중받게 된다는 사실을 늘 기억해야 한다.

인간적인 '매력'

위대한 리더는 이성적 판단, 소통 능력, 리더십, 균형 감각을 필요로 한다. 하지만 이러한 것을 모두 갖춘다고 한들, 인간에 대한 사랑이 없다면 위대한 리더의 자질을 갖추었다고 보기는 어렵다. 애플의 창업자이자 인류의 기술 진보에 큰 획을 남긴 스티브 잡스는 위대한 리더로 추앙을 받지만 이것은 사업적인 측면에 국한되어 있다. 잡스와 일상을 공유하며 함께 일해본 사람들의 이야기를 들어 보면, 그는 큰 업적을 남긴 리더는 맞지만 좋은 리더라고는 보기 어렵다. 리더가 따뜻한 인간애를 보이면 아랫사람으로부터 존경과 더불어 사랑도 받게 된다.

위대한 리더를 만나보면 세심하게 남을 배려하는 부분이 항상 한 구석에 존재한다는 것을 알 수 있다. 매력은 이성 간에만 느껴지는 것이 아니다. 인간적인 매력을 느껴 거기에 반하면 충성심을 다할 수도 있고, 늘 곁에 머물며 심지어 목숨 바쳐 대신 희생할 수도 있다.

역사를 바꾼 위대한 일을 해낸 리더들은 매우 감성적이며, 섬세함으로 주위의 사람들을 보듬어 자신의 사람으로 만들었다. 수년 전《USA 투데이》가 미국의 1,000대 기업 CEO가 어떤 분야를 전공했는지 조사한 적이 있다. 비즈니스계의 CEO라면 언뜻 경영학이나 경제학을 전공했을 것 같지만 의외로 2/3 가량이 그 외의 분야를 전공했다. 중세 역사와 철학을 전공한 HP 기업의 전 회장 칼리 피오리나Carly Fiorina는 자신이 '디지털 시대가 올 것임을 빨리 간파한 데는 중세에서 르네상스 시대로 넘어가는 과도기를 깊이 공부한 덕분'이라고 말했다. 사업의 토대는 결국 인간을 중심에 두는 '인간 중심적 사고'가 기반이 되어야 한다는 것을 알 수 있다. 기업에서 하는 모든 노력의 목적이 사람의 마음을 사로잡는 데 있지 않은가. 미국의 저명한 심리학자 데이비드 리버만David Lieberman은 이렇게 말했다. "결정의 90%는 감성에 근거한다. 감성은 동기로 작용한 후 행동을 정당화하기 위해 논리를 적용한다. 그러므로 설득을 시도하려면 감성을 지배해야 한다."

한때는 나도 '어떻게 하면 사람들이 내 인간적인 매력

에 반하게 할 수 있을까'라는 문제에 대해 수많은 고민을 했었으나, 지금은 고민의 방향을 틀었다. '어떻게 하면 다른 사람들의 매력을 발견할 수 있을까'로 말이다. 그렇게 생각을 바꾸고 사람들을 보니 그들의 숨은 매력을 더 많이 발견할 수 있게 되었다. 생각을 조금만 바꾸면 그동안 눈에 띄지 않던 많은 것이 눈에 들어온다. 매력이 없는 사람은 없기 때문이다.

사람들의 매력을 잘 알아보기 위해서는 마음의 시력을 키워야 한다. 그 사람의 외모, 옷차림과 같은 겉모습만으로 상대를 판단한다면 그 사람의 진정한 매력을 절대 알아볼 수 없다. 가마솥이 검다고 그 속에 들어 있는 밥까지 검은 것은 아니다. 그 속에 담겨 있는 고유한 매력을 알아보는 것도 인간관계를 위해 반드시 필요하다.

다른 사람의 매력이 눈에 들어오기 시작하면 빈번하게 상대를 칭찬하고, 상대에게 아낌없는 격려를 하게 된다. 아무리 평범한 사람도 칭찬과 격려를 꾸준히 받으면 잠재되어 있던 능력이 밖으로 표출되고, 매력을 발산할 여지도 대폭 늘어난다. 그렇기 때문에 우리는 저 깊은 곳에 있는 물을 끌어올리는 마중물처럼, 주위 사람들이 자신의 매력을 끌어올리도록 돕는 '매력 마중물'이 되어야 한다.

사람마다 고유한 향기를 낸다. 술 향기는 십 리를 가고, 꽃 향기는 백 리를 가고, 사람 향기는 천 리를 간다는 말이 있다. 그 향기에 끌리면, 인간적인 매력을 발견하고 거기에 빠지면 그 사람을 만날 때마다 마치 사랑하는 사람을 만나는 것처럼 가슴이 두근거리고 설렌다. 그리고 다른 사람의 매력에 빠져들수록 우리는 이런 말을 자주 듣게 될 것이다. "당신은 참 매력적인 사람이군요."라고 말이다.

리더는 농부다

간디는 "지도자란 자신이 이끄는 사람들을 섬길 수 있어야 한다."라고 했다. 이처럼 훌륭한 리더는 자신이 이끌고 있는 조직 구성원들을 섬기고, 배려하는 자세가 반드시 필요하다. 리더가 자신의 역할을 제대로 수행하기 위해서는 먼저 구성원을 잘 이해해야 한다. 구성원을 배려하고 이해하며 섬기는 자세로 아랫사람들의 마음을 얻어야 하는 것이다.

'백성은 물, 임금은 배'라는 말이 있다. 배는 물이 있어야 뜬다. 또한 배가 잘 나아가려면 물을 잘 이해해야 한다. 물 없는 배가 의미가 없듯 구성원 없는 리더는 존재할 수 없다. 이것을 잊으면 주객이 전도되면서 온갖 문제가 속출하게 된다. 리더가 늘 스스로를 경계하고 자세를 낮춰야 하는 이유가 여기에 있다.

시어도어 루스벨트는 쿠바에서 있었던 스페인과의 전

쟁 참전 시 군지휘관으로 복무했다. 그는 진정한 리더십은 계급이나 지위로 주어지는 게 아니라 좋은 리더가 되기 위해 끊임없이 노력해서 얻어야 한다는 걸 이미 알고 있었다. 진정성을 가지고 자신의 부하들과 일상을 함께하고 그들에게 명령하기 이전에 무엇이든 솔선수범하며, 그들에게 위험과 고통을 감수하라고 요구하기 전에 먼저 고통을 떠안으며 그들을 이끌었다.

훗날 루스벨트는 "장교와 사병을 구분하지 않고 모두가 똑같이 먹었고, 같은 환경에서 잠을 잤다. 또 야영지에서는 모두가 똑같이 찬이슬을 맞으며 잠을 잤기에 불만은 사라졌다."라고 회고했다. 리더가 구성원보다 기술이나 지식 면에서 모두 뛰어날 수는 없지만, 그들을 지휘할 수 있는 지휘력을 지니고 있다고 인정받아야 구성원들을 이끌 수 있다.

유능한 리더는 자신보다 나은 부하를 채용하며, 무능하거나 평범한 부하를 자신보다 낫게 키우는 사람이다. 사과 속의 씨앗은 몇 개인지 셀 수 있지만 씨앗 속의 사과는 몇 개인지 알 수 없다. 씨앗이 자라 어떤 사과나무로 성장할 것인지 또한 알 수 없다. 씨앗을 좋은 흙에 뿌리고 햇빛과 영양분을 충분히 공급해 큰 나무로 키운 다음에야 어떤 열매가 열리는 지 비로소 알게 된다. 리더는 그렇게 정성스레 씨앗을 키우는 사람이다.

리더가 된다는 것은 내가 고생에 대해 보상받는 것을 목적으로 높은 자리에 올라간다는 것을 의미하는 것이 아니다. 오히려 리더가 된다면 자기 위주로 생각하며 달려온 자세를 버리고 남을 위해 헌신하겠다고 결심해야 한다. 구성원들이 리더를 발판 삼아 더 높은 곳으로 비상할 수 있도록 도와야 한다. 이는 각자의 잠재력을 충분히 발휘할 수 있는 환경을 제공해야 함을 의미한다.

사회 지능 이론의 연구에 의하면 상사의 짜증은 1등 조직도 망하게 만든다고 한다. 리더가 되면 맘대로 화를 낼 수도, 짜증을 낼 수도 없다. 리더가 감정적으로 대응하는 순간, 조직의 분위기에 큰 영향을 미치기 때문이다.

만약 리더가 섬김의 리더십을 표방할 경우 당장은 구성원들이 너무 편하게 생각한 나머지 긴장을 풀고 리더를 우습게 여길 수도 있다. 심지어 리더에게 당연히 해야 할 기본적인 배려도 하지 않고 무시하는 일이 발생하기도 한다. 바로 그런 때가 고비다. 화를 내고 시정을 요구하면 당장은 고쳐지지만 그들에게 간신히 싹트고 있던 존경심은 멀리 날아가 버린다. 그렇다고 가만히 두자니 기강이 흐트러져 두고두고 골치를 썩을 것만 같다. 만약 이런 때에 계급으로 구성원들을 찍어 누르려고 생각하는 리더라면, 그 리더는 하수 중에 하수이다.

위대한 리더가 되기 위해서는 부드러운 감성 밑에 단단한 의지와 냉혹한 계산을 기반으로 하여 구성원들을 대해야 한다. 이것들이 조화를 이루어야 위대한 리더의 덕목을 비로소 갖추어 나간다고 할 수 있다. 리더십에는 정답이 없다. 해당 조직에 딱 맞는 리더십은 그 조직의 상황에 맞게 정해진다는 것을 기억하고, 구성원들을 배려하고 섬기는 자세를 가져야 한다. 보호자와 같은 존재, 그것이 바로 리더가 궁극적으로 지향해야 할 역할이라 할 수 있다.

멘토를 넘어 스폰서로

훌륭한 리더가 되는 길도 쉽지 않지만 훌륭한 리더를 육성하는 일은 훨씬 더 어렵다. 내가 성장하는 것은 스스로 노력하면 되지만 타인을 성장시키는 것은 그 사람의 마음까지 움직여야 하기 때문이다. 리더를 키우기 위해서는 따뜻한 온실이 아닌 혹독한 겨울과 같이 엄하고 냉정한 태도가 필요하다. 이러한 엄격함이 인생의 가장 필요한 자양분이 되기 때문이다.

사실 리더에게 요구되는 덕목은 '따뜻한 카리스마'라는 말이 보여주듯 외유내강적 면모다. 하지만 아무리 따뜻하고 부드러운 리더라 할지라도 자신을 능가하길 바라는 아랫사람을 키울 때 관대한 경우는 거의 없다. 인생의 폭풍에 담금질이 되지 않으면 삶이라는 치열한 전쟁터에서 버텨내는 것이 불가능에 가깝기 때문이다.

어미 독수리는 새끼를 키울 때 둥지에 일부러 딱딱한 돌과 뾰족한 가시를 깔아 놓는다. 그리고 새끼 독수리가 어느 정도 성장한 뒤에 완충제를 모두 제거하고, 마지막에 돌과 가시가 남아 있는 둥지에 새끼들이 고통을 견디다가 둥지 밖으로 나가면 어미 독수리는 새끼 독수리의 날개를 받쳐 주어 새끼를 돕는다. 좋은 리더를 키우는 것도 이와 같다. 시련을 두려워하는 것이 아니라 극복할 수 있도록 도움을 주고, 지지를 보내주는 것이다.

훌륭한 리더나 성공한 사람들의 이야기를 들어 보면 대부분 그들의 삶에 결정적인 영향을 끼친 사람이나 사건이 있다. 프로골퍼 양용은이 복식 세계 챔피언인 홍수환과 골프를 치다가 그의 말을 듣고 무언가를 깨달아 2009년에 최초로 메이저 대회 우승 기록을 세운 것처럼 말이다.

클래러티 미디어그룹 CEO인 빌 맥고완Bill McGowan은 《세계를 움직이는 리더는 어떻게 공감을 얻는가》에서 꼭 필요한 사람을 얻고 세상을 움직이는 지혜를 가진 사람들에게는 두 가지 공통 요소가 있다고 한다. 첫째, 그들은 누군가에게서 배움을 얻었다. 잘하는 사람에게서 잘하는 방법을 배우고, 못하는 사람에게서 그것을 하지 말아야 한다는 사실을 배웠다. 둘째, 유용한 조언을 들으며 더 나아지기 위해 끊임없이 노력했다. 생각해 보면 너무도 당연한 일 아닌가. 유명인이 아니라 우리도 흔히 알고 있는 말이다. 그러나 실제 이 당연한 사실을 실천하는 사람은 그다지 많지 않다.

요즘의 경영 환경을 보면 아랫사람을 키우지 못하는 것이 아니라, 일부러 회피하는 것은 아닌가 하는 생각이 든다. 능력 있는 후배가 앞질러가는 일이 비일비재하고, 믿었던 후배가 결정적인 순간에 '등에 칼을 꽂는' 경우가 심심치 않게 발생하기 때문이다. 신입 시절부터 자신이 일을 가르치던 후배가 어느 날 갑자기 상사가 되어 오히려 자신이 업무를 보고하고 평가를 받아야 하는 경우도 어렵지 않게 볼 수 있다. 이것이 이직의 결정적인 사유가 되는 경우도 많다. 큰 문제가 없더라도 단지 후배가 자신의 위로 오면 현실적으로 계속 근무하기가 어려워진다.

자신이 이런 일을 겪거나 아니면 주변에서 누군가가 그와 유사한 상황에 놓이는 것을 보면 자신만의 노하우를 일부러 전수하지 않거나 아랫사람을 처음부터 돌봐야 할 대상이 아니라 경쟁해야 할 대상으로 바라보게 된다. 이렇게 상하 관계없이 모든 사람을 경쟁 상대로 여기고 견제하면 분위기가 냉랭해지는 것은 당연하다. 오히려 '모난 돌이 정 맞는거야'라며 미리부터 꺾어 버리곤 하는 하는 것이다. 그런 상황에서는 예전처럼 서로 밀고 끌어주는 선후배 관계를 찾아보기가 힘들 수밖에 없다.

치열한 경쟁 구도 속에서 살아남기 위해 믿을 만한 사람 없이 정치를 위해 쉬지 않고 머리를 굴려야 하는 조직 문화가 정착되면 인간관계가 삭막해진다. 이러한 문화가 정착되면 기업의 입장에서도 피해가 발생하는 것은 필연적이다. 윗세대와 아랫세대가 서로 원활하게 소통하지 않으면 위도 썩고 아래도 썩는다. 그러므로 개인들의 노력은 물론, 기업 차원의 개선 방안 또한 필요하다는 것을 깨달아야 한다.

태국에서 6시그마 MBBMaster Black Belt교육을 받을 때였다. 6시그마를 가르칠 수 있는 교수 자격이 주어지는 TTTTrain The Trainer라는 과정이었다. 나와 함께 교육을 받던 한 태국 여성이 강의를 시연할 때 목소리가 상당히 작았다. 강의를 하려면 우렁찬 수준은 아니더라도 타인에게 뚜렷하게 전달될 정도의 목소리는 되어야 한다. 그래야만 강의 내용을 전달하기 쉽고, 자신감도 있어 보이기 때문이다.

강의 시연이 끝날 때 우리는 선생님이 어떤 평가를 내

릴지 가슴 졸이며 지켜봐야 했다.

"사니난드, 당신은 목소리가 참 아름답네요. 너무 좋은 목소리를 가졌어요. 그 아름다운 목소리를 여기 모든 사람들이 더 크게 잘 들을 수 있으면 좋겠어요. 내일 강의 시연 때는 예쁜 목소리를 조금 더 크게 들을 수 있겠지요?" 참 멋진 피드백 아닌가. 우리는 그런 피드백을 보면서 강의법 뿐 아니라 배려하는 마음까지 배울 수 있었다.

사실 질문하는 법, 경청하는 법, 공감하는 법, 피드백하는 법, CFR Conversation, Feedback, Recognition 등을 포함해 최근 코칭 스킬이나 리더십 스킬은 상당히 발전했고 어느 때보다 상대방과 더 효과적으로 커뮤니케이션을 할 수 있는 방법들이 엄청나게 많이 소개되고 있다. 그러나 리더십의 핵심은 스킬이 아니라 '진정성'이다.

조직 내에서는 늘 가르치는 선배와 배우는 후배가 있게 마련이다. 선배나 상사는 늘 후배들을 보며 피드백을 주곤 한다. 그러나 컬럼비아 대학교의 심리학자 케빈 옥스너에 따르면 사람들은 자신이 받은 피드백의 30퍼센트만 수용한다고 한다. 나머지는 무시되고, 거부되고, 제때 수용되지 않는다는 것이다. 그래서 이와 관련해 '스폰서'라는 새로운 개념이 소개

되고 있다.

미국의 씽크탱크인 인재 혁신 센터Center for Talent Innovation의 설립자인 실비아 앤 휼렛은 저서《스폰서 효과The Sponsor Effect》에서 다음과 같이 스폰서 효과에 대한 개념을 설명한다. 실력 있는 직원이 승진에 실패하는 이유는 '해당 직원들 이끌어 주는 스폰서가 없기 때문'이라는 것이다. 여기서 말하는 '스폰서'란 후배의 커리어를 이끌어줄 수 있는 조직 내 리더급 선배다. 따라서 스폰서십은 '조직의 리더 혹은 차기 리더가 될 가능성 있어 보이는 후배를 선정해 해당 사람의 커리어를 함께 개발하고, 결과적으로 그 공을 인정받아 스폰서에게도 좋은 결과가 돌아가는 프로페셔널한 관계'로 정의된다. 즉 스폰서십은 끌어주는 선배와 도움을 받는 후배 모두 윈윈Win-WIn하는 관계다.

많은 기업에서 현재 멘토링 제도를 운용하고 있지만, 비공식적이라는 성격 때문에 그 효과는 미미하다. 그러나 스폰서는 그와 달리 공식적으로 운용하며 스폰서에 참여할 사람을 까다롭게 선별하기 때문에 더욱 큰 효과를 볼 수 있다. 인재 혁신 센터의 한 연구 조사에 따르면, 누군가의 스폰서인 사람은 그렇지 않은 관리자들보다 지난 2년 동안 승진한 경우가 53%가 더 많았다고 하며, 관련 설문 조사 결과 스폰서들은 73%가 후배 때문에 관계를 끝낸 경우가 있다고 했다. 애플의 공동 창업자였던 스티브 잡스와 현재 CEO인 팀 쿡의 관계를 '스폰서십'이라고 볼 수 있다. 잡스는 오랜 기간 쿡과 일하며 그를 신뢰하였고 결국 그를 후임 CEO로 선택했다. 그리고 쿡은 잡스의 신임을 얻기 위해 성과를 보였다. 이런 스폰서십은 친구, 동료 사이에서도 가능하다.

조직의 생존을 담보하려면 아랫사람을 계속 길러내야 한다는 데는 모두가 동의할 것이다. 이를 위해 좋은 경영자가 탄생하면 그를 스타로 만든 선배들이 각광받는 사회가 되는 것이 중요하다. 뛰어난 후배를 키워낸 선배는 그 자신이 능력 있는 인재로 각광받는 것이 마땅하다.

우리의 성장은 모두 선배들이 뿌려 놓은 밑밥이 있었기 때문이다. 자신이 인정받는 순간, 자신을 키우기 위해 노력한 선배들의 희생과 노고를 먼저 떠올려야 진정 가치 있는 인재로 거듭날 수 있다. 또한 나 자신도 좋은 스폰서로 성장하여 다른 사람들을 지원하고 서포트해야 한다. 이것이 바로 선순환의 과정이다.

✵ 배려는 '주고받는' 것이다

배려란 무엇인가? 배려는 눈길만 아래로 내려다보는 것이 아니라 무릎을 꿇어 상대방과 눈높이를 맞춰야 한다. 즉, 상대방의 입장에서 고려하고 행동해야 진정한 배려의 자세를 갖추는 것이다.

현재 아무리 유능한 사람도 신입 사원인 시절이 있다. 그러나 우리는 그런 사실을 너무 자주 잊어버린다. 대다수가 그렇다. 직급이 올라갈수록 아랫사람을 잘 챙기지 못하는 것도 이런 까닭이다. 내가 그 시절을 어떻게 보냈는지 기억이 잘 나지 않기 때문이다.

사람들은 사회적 지위가 높아질수록 고려해야 할 사항들이 늘어난다. 업무, 가족, 인간관계 등에 치여 자기 자신조차 돌보지 못하고, 누가 뒤에서 내 등을 떠밀듯이 쫓기는 삶을 살아가기 일쑤다. 현대 사회에서 살아 가는 대부분의 사람들이 이러한 삶의 모습을 지니다 보니 타인의 기분이나 입장을 생각하여 행동하는 것은 매우 어려운 일이 되었다. 이러한 사회 분위기에서 기대하지 않던 소소한 배려와 성의를 베푼다면, 이를 받은 사람은 얼마나 행복해할 것인가?

내가 지금 삶에서 누리고 있는 것들이 나 자신이 유별나게 잘났기 때문이 아니라 다른 사람의 배려를 통해 얻은 것이라는 사실을 항상 기억해야 한다. 실제로 '나'를 위해서 일하는 사람들이 있고, '나'에게 배려해 주는 사람들이 존재한다는 사실을 잊지 말아야 한다. 그 보이지 않는 모든 배려의 손길을 생각하고, 감사하는 마음을 가져 보는 것은 어떨까?

남을 배려한다는 것은 결코 쉬운 일이 아니다. 내가 배려를 받을 때는 배려라는 것이 쉬운 것 같고 심지어 당연하다는 생각까지도 하지만, 막상 본인이 배려를 하려고 하면 말처럼 쉽지가 않다. 당장 지하철만 타 봐도 배려 없는 사람들의 모습이 눈에 들어온다. 이어폰도 귀에 끼지 않고 소리를 크게 키워 유튜브를 시청하는 사람, 임산부석이 자기 고정석인 양 늘 그 자리에 앉아가는 사람 등 배려는 고사하고 기본적인 예의조차 갖추지 못한 느낌이다. 이런 일을 경험할 때면 문득 나 자신을 돌아보게 된다. 지금 나도 누군가에게 거치적거리고 있는 건 아닌지 들고 있는 가방이라도 한 번 더 매만지게 된다.

기억해야 하는 것은 배려는 꼭 얼굴을 맞대야 할 수 있는 것이 아니라는 사실이다. 상대방을 배려하는 분위기가 만연하게 퍼져 있는 사회야말로 바로 선진국이다. 배려는 개개인에게만 힘을 발휘하는 것이 아니라 사회와 개인 사이에서도 힘을 발휘한다. 저널리스트이자 미디어 학자인 강인규 씨는 이러한 경험을 했다고 말한 바 있다. "내가 사는 도시에서 한 시간쯤 차를 몰고 나가면 인적이 드문 교외가 펼쳐집니다. 사람이 거의 살지 않는 곳이라 도로도 넓지 않고 지나가는 차도 많지 않았습니다. 어느 날 그곳을 지나다가 도로 한쪽에 세워진 노란색 교통 표지판을 보게 되었지요. 세련되고 깔끔하진 않았지만 시에서 설치한 공식 표지판이었습니다. 일부러 차를 세우고 읽어 보니 이렇게 쓰여 있었습니다. '근처에 청각 장애인이 살고 있으니 주의해서 운전하시기 바랍니다.' 교통 표지판 위로 시선을 돌리자 언덕 위에 작은 집 한 채가 보였어요. 표지판에서 말하는 청각 장애인은 아마 그 곳에 사는 가족 중 한 명이었을 것입니다. 혹시 그 청각 장애인이 도로에 나왔다가 경적 소리를 듣지 못해 사고를 당할 수 있으니 운전자들이 미리 주의해 달라는 당부였던 것이죠."

사실 배려는 대단한 일이 아니라서 아주 작은 마음과 행동으로도 가능하다. 내 생각에는 사소하다고 생각할 수 있지만, 상대에게는 사소하지 않다고 느껴질 수 있다. 비행기나 지하철에서 짐을 좌석 위 선반에 올리려는 사람을 도와주는 일은 아주 작은 손길이지만, 키가 작은 사람에게는 엄청 큰 도움이다. 육중한 문을 통과할 때 뒷사람을 위해 문을 잡아주거나, 엘리베이터를 향해 달려오는 사람을 위해 열림 버튼을 눌러 주는 것도 마찬가지다.

배려의 첫 단계는 일단 남에게 피해를 주지 않는 것이다. 그리고 다른 사람의 입장에서 생각하고 이해하기 위해 노력하는 것이다. 더 나아가 다른 사람의 필요를 채우는 것이다. 그러다 보면 내 필요가 채워지고, 내 마음이 풍성해진다. 결국 배려를 하는 것이 나에 대한 배려로 돌아오는 선순환이 발생한다.

배려하는 사회를 만드는 것의 시작은 나의 작은 배려임을 기억하라. 그렇게 된다면 결국 배려의 수혜자도 자기 자신이 될 것이다.

내 편이 필요해

내가 어렸을 때는 골목마다 뛰어 노는 아이들로 넘쳐났다. 그때는 골목에 지나다니는 자동차도 별로 없었고 차를 세워놓을 만한 주차 공간은 모두 아이들의 놀이터였다. 실제로 친한 친구들과 딱지 치기, 구슬 치기, 무궁화 꽃이 피었습니다 등 드라마 《오징어게임》에 나오는 게임들을 거의 다 하고 놀았다. 그리고 골목마다 그 지역을 휘어잡는 '골목대장'이라는 존재가 있었다. 누구나 그 골목대장 앞에서는 주눅이 들었지만 예외적인 상황이 하나 있었다. 바로 어머니가 나를 찾으러 오실 때였다. 그럴 때면 주눅 들거나 무서움은 사라졌다. 든든한 내 편인 어머니 덕분에 말이다.

나이가 먹은 지금에도 온전한 내 편이 있었으면 좋겠다는 생각이 들곤 한다. 오히려 어렸을 때보다 더 내 편이라는 존재가 그리워지곤 한다.

현재 우리가 살아가는 사회는 타인의 아픔을 무시하고, 상처를 드러내면 그 상처를 더 벌려 아프게 만드는 사람들이 도처에 널려 있다. 몸과 마음이 병들어 가는 때에 내면의 고민이나 열등감을 스스럼없이 털어놓을 수 있는 사람, 내 투정과 불평을 들어주는 기댈 언덕이 있는 사람은 얼마나 행복한가? 황량한 사막에 혼자 덩그러니 남아 있는 것처럼 느껴질 때, 어두운 폭풍 속에 던져진 작은 돛단배처럼 눈 앞이 깜깜하고 모든 것이 불확실할 때, 내게 손을 내밀어 주고 미소를 지으며 품어줄 수 있는 사람이 있다는 것은 인생에서 가장 큰 행복일 것이다. 우리는 그런 사람을 흔히 '멘토'라 부른다.

내가 회사에 재직할 시절에 유능하고 똑똑한 후배가 있었다. 그는 언젠가는 나를 앞질러 내 보스가 될 수도 있겠다는 생각이 들었다. 뛰어난 사업적 감각을 갖춘 데다 일도 잘했고 무엇보다 사람 됨됨이가 출중해서 모두가 그를 좋아했다. 어느 날 그 후배와 동석한 자리에서 그가 다른 사람에게 나를 이렇게 소개했다. "이 선배님은 제 맨토이십니다. 늘 많은 가르침을 주고 계신 제 롤모델이시죠." 과연 내가 그의 멘토로 불릴 자격이 있는지는 모르겠으나 빈말이라도 나를 멘토로 불러준 것에 감사한 마음이 들었다. 게다가 롤모델이라니. 어깨가 으쓱해졌다. 더불어 더욱 열심히 노력해서 멘토 비슷한 역할이라도 해보리라 다짐했다. 멘토만 찾아 다닐 것이 아니라 우리는 서로에게 멘토와 멘티가 되어 서로를 이끌어 주는 관계로 살아가야 한다. 서로 끌어 주고, 때론 서로 기대기도 하면서 서로에게 든든한 지지대가 되어 주는 관계 말이다.

한편 멘토뿐 아니라 함께 있는 것만으로도 좋은 친구를 만드는 것도 중요하다. 굳이 어떤 가르침을 주지 않아도 좋다. 어떤 상황에서든지 고개를 끄덕이며 내 말을 들어주고 내 편이 되어줄 수 있는 친구가 있으면 마음이 풍족해진다. 사회생활을 열심히 할수록 인간관계가 넓어지지만, 가장 마음을 놓고 만날 수 있는 것은 절친한 친구들이다.

화려한 인맥을 자랑하며 사회생활을 하더라도 정작 자신의 부모님이 돌아가셨을 때 장지까지 따라와 운구를 해 줄 친구 여섯 명을 채울 수 있으면 성공한 사람이다. 이런 친구가 있다면 그들은 분명 서로에게 견고하고 든든한 편이 되어 줄 것이다.

혼자만 잘 살믄 무슨 재민겨

우리 모두 인생을 마감할 때는 아무것도 가져갈 수 없다는 것을 안다. 그걸 알면서도 돌아서면 또다시 뭔가를 움켜쥐겠다고 버둥댄다. 이런 일이 날마다 반복된다. 일과를 끝내고 잠자리에 누워 하루를 반성할 때면 내 머리를 쥐어박고 싶어질 때가 한두 번이 아니다.

지금은 누구나 자신이 가진 것보다 더 많이 가지려고 용을 쓰는 세상이다. 그렇기 때문에 당신이 조금 손해를 보더라도 남을 위해 손을 내미는 것이 더 값진 것이다. 내가 필요해서 혹은 내 마음 편하자고 하는 이타주의라도 상관없다. 지금 당장은 손해를 보는 것처럼 느껴질 것이다. 그러나 그 후에 얻는 이익은 단순히 '손실'과 '이익'의 개념으로 설명할 수도, 비교할 수도 없을 만큼 커다란 가치로 다가온다. 가령 5만원짜리 지폐를 잃어버렸다고 가정해 보자. 그러면 아깝고 약이 오르지만 나보다 더 어려운 누군가가, 그 돈이 꼭 필요한 누군가가 요긴하게 썼을 거라고 생각해 보는 것이다. 이런 관대함과 너그러움이 쌓이고 또 쌓이면 개인의 인격이 되고 그것이 모여 사회를 지탱하는 힘으로 작용한다.

'돈은 똥이다'라는 말이 있다. 모아서 쌓아 두면 오물이지만 나누면 거름이 된다는 의미다. 경주 최부자 집안은 '사방 100리 안에 굶어 죽는 사람이 없게 하라'는 말로 유명하다. 풍년의 기쁨을 함께 누리면 흉년의 아픔 또한 이웃과 함께 감수하는 것이 부자의 도리라 믿었다. 엄청난 부를 지녔지만 어려운 사람들을 위해 베푼 선행과 그 정신은 오랜 시간 동안 빛을 발한다.

경주 최부잣집의 3대 장손으로서, 손님들을 극진히 대접하기를 좋아했던 최국선은 어느 날 근처를 지나던 고명한 스님에게 시주하며 가르침을 청했다. 그러자 스님은 이렇게 말했다.

"재물은 똥과 같아서 모아 두면 악취가 나지만, 사방에 골고루 뿌리면 거름이 됩니다."

이 말을 들은 최국선은 크게 깨달아 가훈을 만들어 후손들도 선행을 베풀게 했다. 한국식 노블레스 오블리주noblesse oblige의 본보기라 할 만하다.

사실 우리는 알게 모르게 많은 사람들로부터 신세를 지고 있다. 이 사회를 지탱한, 혹은 지탱하다가 떠난 사람들에게 신세를 지고 있는 것이다. 여러 위대한 인물들을 한번 떠올려 보자. 내가 잘나서 나 혼자의 노력으로 내 입에 기름진 음식이 들어가고 따뜻한 잠자리에 누울 수 있는 거라고 생각하는가? 이 사회를 지탱해 주는 보이지 않는 힘이 없다면 과연 그게 가능할까? 불가능한 일이다. 내가 말하는 것은 위대한 사람들처럼 엄청난 희생을 감수하라는 이야기가 아니다. 비록 작고 소소하더라도 타인에게 도움을 제공하자는 이야기이다. 당장 내가 조금 손해를 보더라도 말이다. 연탄은 온몸으로 타올라 온기를 주다가 재가 된 후에는 산산이 으깨져 미끄러운 길에 깔린다. 미끄러운 길 때문에 다른 사람들이 넘어지지 않도록 말이다. 연탄은 마지막 한 줌까지 세상에 도움을 주고 떠나는 것이다. 설사 온몸을 던지는 큰 선행이 아니더라도 그런 마음만으로도 아름답다. 마음이 있으면 실천을 해낼 수 있기 때문이다.

나는 숲을 좋아한다. 힘들 때나 사람에게 심한 상처를 받았을 때 숲을 찾곤 한다. 묘하게 숲에만 가면 치유가 됨을 느낀다. 숲에는 나무가 있기 때문이다. 나무는 사계절 모두 다른 모습으로 우리의 마음을 어루만지고, 깨달음을 준다. 나무는 사람처럼 움켜쥐려 하지 않는다. 차가운 겨울을 코앞에 두고도 자신의 모든 것을 자연에게 돌려주고 빈손으로 겨울을 맞는다. 시린 겨울 동안 모진 풍상을 견뎌야 한다는 걸 알면서도 그냥 다 내려놓는다. 그리고 온몸으로 겨울을 인내하고 화창한 봄날에 다시금 깨어나 우리에게 푸르름을 선사한다.

세상에는 길바닥에 나뒹구는 연탄재만도, 이름 없는 어느 야산의 헐벗은 나무 한 그루만도 못한 삶이 비일비재하다. 마치 인간이 얼마만큼 악해질 수 있는지 한계를 보여주고자 하는 뉴스들을 볼 때마다 이 시대에 살아가는 나 자신이 부끄러워질 때가 많다. 남을 돕고 배려하는 이야기들로 가득 찬 뉴스를 보며 '세상은 그래도 살 만한 곳이야'라고 생각하며 웃을 날이 조만간 도래하기를 기대해 본다.

뒷모습이 아름다워야 한다

'항상 가족들에게 큰 산과 같은 분이셨어요. 평생 한눈 팔지 않고 열심히 일하셨으니 이제는 좋아하시는 일 하시면서 편히 사시라고 말씀드렸어요. 그런데 거실에서 밖을 내다보시는 아버지의 뒷모습을 보면 그렇게 작아 보일 수가 없어요. 이젠 아버지가 기대실 수 있게 제가 등을 내어 드려야겠어요.' 언젠가 SNS에서 본 글이다. 평생 한 직장에서 근무하시고 정년퇴직하신 아버지를 바라보는 애잔한 마음을 표현한 글이었다.

누구나 학교에 입학하면 언젠가 졸업을 해야 하는 것처럼 은퇴라는 것은 직장인이라면 누구나 한 번은 통과해야 하는 관문이다. 성공적인 사회생활을 한 사람이든, 그렇지 않은 사람이든 은퇴 후에는 회한이 밀려온다. 평생 최선을 다해 업무에 임했지만 이제는 본인의 쓸모가 다한 것 같아 괜스레 위축된다. 상대가 건넨 가벼운 말에도 이상하게 깊은 상처를 받는다.

한 선배는 이런 경우를 대비해서 은퇴 이후의 삶을 미리 준비했다. 나름 노후 자금도 준비했고, 평소 하고 싶었던 서예, 기타, 수영, 등산 등의 취미 생활을 즐기며 만나고 싶었던 지인들을 만나다 보면 하루가 금방 지나간다고 했다. 그러나 퇴직 후 처음 몇 달은 즐겁고 알차게 보냈는데 시간이 더 지나고 나니 서글픔이 밀려오더라는 것이다. 공식적인 정년의 나이를 훌쩍 넘어서 사장으로 몇 년 더 근무해서 누가 봐도 박수 받을 만한 은퇴였는데다 수도 없이 은퇴 후의 삶을 머리 속에 그리고 마음의 준비를 했지만 막상 그 상황에 놓이게 되니 스스로 처량하게 느껴지는 것은 어쩔 수 없다는 것이다. 오히려 그렇게 아등바등 살아올 필요가 있었나 싶은 마음이 들었다고 한다.

하지만 직장에서 퇴출당했다고 해서 내가 나를 내 인생에서 퇴출시켜서는 안 된다. 구조 조정을 당하거나 명예퇴직으로 쫓겨났다고 생각하기보다 멋진 노후를 위해 조금 더 일찍 새로운 길을 찾아 나선 것이라고 생각해 보는 것은 어떨까?

직장인이라면 누구나 인생의 플랜B를 준비해야 한다.

직장에 몸 담고 있는 동안에는 직장을 위해 최선을 다해 일하는 것이 맞지만 결국 일정한 시간이 되면 직장에서 떠나야 한다. 그러니 플랜B는 사실 은퇴에 임박해서가 아니라 신입 사원 시절부터 준비해야 한다. 자신의 일을 등한시하고 다른 회사를 기웃거리라는 의미가 아니라 언젠가 퇴사를 할 것이니 미리 준비를 하자는 것이다.

플랜B를 위해 나이가 들더라도 평소 새로운 트랜드에 관심을 가지고 있어야 한다. 가령, 요즘은 긱 이코노미가 대세라 이를 활용한 시니어들의 재취업이 활발히 진행되고 있다. 경험 많은 은퇴자들과 이들을 필요로 하는 중소기업을 연결해서 프로젝트성으로 업무를 진행하는 등의 사례가 증가하고 있다. 은퇴자 입장에서는 정규직은 아니지만 자신의 전문성을 발휘하며 경제적으로도 도움이 되고, 이들의 능력이 필요한 곳에서는 인건비 부담을 최소화하면서 소기의 목적을 거둘 수 있는 형태다. 서로 이야기가 잘 되면 다시 재취업으로 이어지기도 한다. 중요한 것은 이런 것이 있다는 것을 미리 알고 준비해야 하는 것이다. '왕년에'만 생각하다가 이런 기회가 있는 줄도 모르고 허송세월하는 경우도 태반이다.

자신의 처지가 가장 잘 드러나는 것이 어떤 모습이라고

생각하는가? 바로 뒷모습이다. 그러나 자기 자신은 자신의 뒷모습을 볼 수 없으며, 뒷모습은 감출 수도 없다. 감추기 어려운 뒷모습을 잘 들여다보면 그 사람이 어떤 상황인지 알 수 있게 된다. 그렇기 때문에 뒷모습이 아름다운 사람이 진정으로 성공한 인생이라 할 수 있다.

지금은 어깨가 축 처져 있어도 그것이 끝이 아니라고 스스로를 응원해야 한다. 돈에 눈이 멀어 지역 개발 정보를 이용해 투기를 일삼은 공무원들은 그 퇴장 모습이 볼썽사나움을 넘어 아주 오랜 시간 동안 불쾌감을 줄 것이고 그 영향은 자신뿐 아니라 가족과 지인들에게까지 부정적인 영향을 미치게 될 것이다. 이러한 뒷모습은 아주 지저분한 모습이며, 박수는 커녕 야유만 받을 것이 틀림없다.

어차피 누구나 한 번은 뒷모습을 보여 줘야 한다. 물러날 때를 위해 경제적으로 준비를 해야 하고, 건강 관리도 잘해야 한다. 그러나 무엇보다 중요한 것이 인간관계다. 돈도 있고 건강도 좋은데 주위에 사람이 없다면 견디기 힘들 것이다. 인생의 플랜B를 준비할 때 빼놓지 말아야 하는 것이 바로 '사람'이다. 주위에 좋은 관계들이 없으면 겉으론 그럴듯해도 성공하지 못한 인생이라는 평가를 받는다. 좋은 사람들로 둘러싸여 있는 사람은 뒷모습도 품격 있어 보인다. 주위에 좋은 관계를 많이 만드는 일은 시간이 아주 오래 걸리고 공을 많이 들여야 하는 작업이다. 평소에 사람과 관계에 관심을 가지고 스스로 '좋은 사람'으로 살아야 가능하다는 의미다. 좋은 관계의 핵심 비결은 바로 내가 먼저 좋은 사람이 되는 것이다. 내가 좋은 사람이면 주위에 좋은 사람들이 모이게 되어 있다.

성공했을 때는 창밖을 보고, 실패했을 때는 거울을 보라는 말이 있다. 성공했을 때는 자신 혼자의 노력이 아니라 주위에서 도움을 준 손길들에 감사할 줄 알아야 하고, 실패했을 때는 자신의 모습을 돌아보고 실패의 원인을 객관적으로 정확히 파악하라는 의미다. 하지만 자신의 과거와 결별하고 물러나야 할 때는 창밖도 보고 거울도 봐야 한다. 그동안 누구 덕분에 그렇게 잘 살아올 수 있었는지 기억하고 감사하며, 지금 자신의 상황과 처지를 명확히 진단해서 희미하게 보이는 길을 찾아 발걸음을 내디뎌야 한다. 지금 상황이 좋지 못하다 하여 지나치게 비관할 필요는 없다. '비관론자가 전투에서 승리한 적은 없다'라고 한 드와이트 아이젠하워의 말을 곱씹어봐야 한다. 혹시 조금 늦었다고 생각할지 모르지만 성찰에는 나이가 따로 없다.

지금 어깨가 처지는 상황에 처한다고 너무 한숨 쉬고 자책할 필요는 없다. 누구나 그러니까. 내 안에 살고 있는 내 안의 비관론자는 잠시 휴식하게 하고 대신 긍정적인 응원단이 열심히 일하게 만들어라. 인생 전체가 아름다운 사람은 결국 뒷모습이 아름다운 사람이라는 것을 기억하고, 이를 위해서 내 앞에 놓인 인생의 아름답고 귀한 것을 발견할 수 있도록 말이다.